「俺は指を動かしてはいないぞ？」
「んぅぅ……だって、止まらない……から……！」
自分で腰をくねらせている姿を見られている。
止まらない。恥ずかしいと思っているのに止められない。

追放聖女はシンデレラ

オレ様魔王に溺愛されて幸せです

宇佐川ゆかり

Illustrator 吉崎ヤスミ

Jewel
ジュエルブックス

Contents

The Banished Saint is Cinderella

※本作品の内容はすべてフィクションです。
実在の人物・団体・事件などには一切関係ありません。

プロローグ

　明かりを落とし、薄暗くなった室内には、アマリエの甘い声とベッドのきしむ音が響いていた。

「やーーあ、あぁっ！　も、無理……」

　ベッドに手と膝をつき、腰を高く上げて背後から貫かれた姿勢。腰を強く摑《つか》み、激しい律動を繰り返しているヴァラデルは疲れた様子などまったく見せていないけれど、アマリエの方は限界だ。

「あ、朝、から……な、な、七回……もーー！」

「七回じゃないぞ、八回だ」

「あぁあっ！」

　ヴァラデルが精を放った回数を間違えたことを咎《とが》めるみたいに、ひときわ強く腰が打ち付けられる。その拍子に、奥を強く穿《うが》たれて、アマリエの背中がしなった。

　用事があると数日留守にしていたヴァラデルが戻ってきたのは、今朝早くのこと。

『魔王』として、多数の魔族を治めている彼は常に多忙だ、だが、城を離れてまで彼自身が対応しなければならない事態はそう起こるものではない。アマリエと彼が離れて過ごすのは珍しく、その分彼の欲求もいつもより膨れ上がっているみたいだ。

「だって……わ、私が足りないって……十分……でしょう……！」

彼がアマリエを望んでくれるのなら、できる限りはこたえたいと思っているけれど、そろそろ体力の方も限界だ。

「何が十分なものか——お前だって、俺がいなくて寂しかったくせに」

また、ずん、と奥を突き上げられる。とたん、絶頂に達してしまって、けたたましい声を上げた。

本当に、彼の体力は底なしだ。

魔族の世界を治める魔王。その中でも最大の力を誇る魔王ヴァラデル。

そして、アマリエは——彼の花嫁。人でありながら、魔王に嫁いだ娘。

「あーっ、あっ、あぁぁんっ」

細い腰を摑む彼の手に力がこもる。奥まで突きいれられる度につのる淫欲。この快感があれば他には何もいらないとさえ思いそうになる。

内壁ははしたなく蠢《うごめ》きながら、次から次へと蜜を滴らせ、その助けを借りて、灼熱《しゃくねつ》の杭《くい》はますます滑らかに往復する。

アマリエが首をうちふる度に、乱れた髪がシーツの上を踊り回った。

もう、これ以上の快感には耐えられそうもない。

泣くような声を上げ、アマリエは全身を激しく揺すりながら、また極みまで到達してしまう。

「はっ……あぁぁ……」

けれど、快感の余韻に身を震わせながらも休む間は与えられない。続けざまに新たな快感に襲われて、頭の中が真っ白になった。

「あぁっ……待って、少し、休ませ――」

「待たない。俺は今、お前に猛烈に飢えているんだ」

このままでは、どこか遠くまで押し流されてしまいそう。すがるものが欲しくて、シーツの上を手がさ迷う。

見つけ出したのは、大きくて柔らかな枕。力のない腕でそれを引き寄せ、抱きしめようとしたら奥を抉《えぐ》るように突き上げられた。

「んぁぁっ！」

とたん、部屋の空気を震わせる淫らな声。枕を抱きしめかけていたはずなのに、それは遠くへと放り投げられてしまう。

「俺以外に抱きつこうとは、いい度胸をしているな」

「やぁっ……違う……違う、からぁ……！」

アマリエをさんざん喘《あえ》がせているくせに、彼の方はまだまだ余裕たっぷりのようだ。

先ほどまでがつがつと奥を抉るように突いていたくせに、急に動きを変えてきた。ゆったりと腰をぎりぎりまで引いたかと思うと、また根元まで深く沈めてくる。

そうされるともどかしくなって、アマリエの方から腰を振ってしまう。あんなに何度も達したのに、まだ足りない。身体《からだ》がどうにかなってしまったみたいだ。

「お願い——あ、あ、顔が、見たいの……！」

背後から貫かれた姿勢は嫌だ。正面から彼と向き合いたい。

「あぁぁっ、そんなっ……！」

体内に熱杭を埋め込まれたまま、ぐるりと身体を反転させられる。その拍子に、違う角度から蜜壁を擦《こす》り上げられて、また軽く達してしまった。

ヴァラデルの体力は底なしだし、彼が望むなら何日だってこのまま交わっていられるだろう。アマリエの体力の方が先に尽きてしまいそうな気がするけれど。

彼に縋《すが》りつきたいけれど、腕が重い。懸命に腕を持ち上げようとしたけれど、先に強い力で抱きしめられる。

「——俺の聖女。俺の花嫁」

汗ばんだ額に口づけられて、アマリエの唇から吐息がこぼれた。

体内に雄杭を打ち込まれたままではあるけれど、こうやって穏やかに口づけられれば、少しだけ余裕も生まれてくる。

アマリエの方からも、彼の顎にキス。角度が悪くて、ここにしかキスできないのがなんとなく悔しい。

たくましい身体に抱きすくめられれば、この部屋の外の出来事なんてどうでもよくなってくる。

「まだ、俺は満足してないぞ」

「……待って、まだ……あんっ」

もう少しだけ、息をつぐ余裕はあるかと思っていたのに、与えられないようだ。

再び彼は思う存分、アマリエを貪り始める。

魔王の腕にとらわれて、聖女はこの上もなく幸せだった。

第一章　置き去りにされた聖女は魔王の城にとらわれて？

あたりには熱気がたちこめていた。その熱気にゆらゆらと周囲の景色まで揺れているみたいだ。樹木は、完全に消滅し、焼け焦げた地面だけが広がっている。

「……皆、どこに行ったのかしら……」

倒れていた地面から身を起こしたアマリエは、周囲を見回して額に手を当てた。

頭がずきずきする。立ち上がることもできないし、体中が重くて、どうしようもない。

（ええと……何があったのかしら……記憶が混乱しているみたい）

ぐらぐらする頭を抱えながら、アマリエはなんとか座り込む形に体勢を変える。そして、自分の記憶を掘り起こし始めた。

この世界、ルーデンヴァリアは、人の住む人間界と魔族の住む魔界が隣り合わせに存在していて、魔族の長《おさ》である魔王は常に人間界を征服しようとしている。

そして、その魔王を倒すために生まれた勇者は、仲間を集めてパーティーを組み、魔王に挑み勝利をおさめてきたのだ。

魔王が倒れた後、次の魔王が力をつけるまで、つかの間の平和が訪れる。それは、何千年も繰り返されてきたことだった。

当代の勇者であるウィルフレッドも、仲間を集めて魔王セエレに挑んだ。

勇者と共に最前線に立つ戦士エミル、攻撃魔法を放つ魔法使いフィーナ、そして——仲間の回復と支援全般を担当する——聖女アマリエ。

四人は二年もの間各地を転戦しながら経験を積み、最終的には魔王セエレに挑むまでの力をつけることができた。

だが、魔王セエレとの戦いは激しさを極めた。魔王が最初に狙いを定めたのは、パーティーの回復役を担うアマリエだった。

仲間達《たち》を後方から支援していたアマリエの胸を貫いたのは、セエレの魔力。その魔力によって、アマリエは一度命を落としたはず——だった。

彼女の命を救ってくれたのは、育ての親である神父が持たせてくれた『身代わりの羽根』。代々教会に伝わってきたもので、装備者の死を一度だけ身代わりとして引き受けてくれる。

だが、奪われた意識が元に戻るにはおよそ十五分ほどの時間がかかる。アマリエが目を覚ました時、その場に生きている者はいなかった。

(……そうだわ。蘇生魔法《リザレクション》を三回も使ったんだった……)

アマリエが意識を取り戻した時、魔王セエレと勇者ウィルフレッド達は相打ちになった後のようだった。魔王の死体を囲むようにして、仲間達は全員倒れていた——命を失って。

立ち上がったアマリエが最初に行ったのは、勇者であるウィルフレッドの蘇生《そせい》。それから、エミル、フィーナと蘇生の術をかけ――そして力尽きて再び倒れた。

「……さすがに三回の蘇生魔法は、こっちの魔力も尽きちゃったみたいね」

他の人とは比べ物にならないほどの魔力を持っているアマリエであるけれど、回復魔法の最上位、蘇生魔法を三度も使えば魔力も尽きる。

仲間達はすでに立ち去ってしまったみたいだ。ひょっとしたら、アマリエが死んだものと思ったのかもしれない。

(……埋葬されなくてよかった)

地面に放置されたままだったから、意識を取り戻したところで、なんとか身を起こすことができたけれど、埋葬されていたら生き埋めだ。ここまで体力がない状況では、土を掘り起こして地上に出てくることはできなかったかもしれない。

(うぅ……頭痛い……)

頭だけではなく、体中が痛い。だが、このままここにとどまっているのは危険だ。

よろよろと立ち上がり、アマリエは歩き始める。ゆっくり、ゆっくりと。

ちらりと背後に目をやれば、そこにはほとんど何も残っていない。セエレの死体が転がっているだけ。

(……これで、平和が取り戻された……のよね……?)

とりあえず、一番近いサウルの町を目指すことにしよう。

あの地は、交易の中心地でもあるから、都に行く商隊に同行させてもらうこともできるかもしれない。

——そして、一週間。

アマリエの歩みはなかなか進まなかった。

まず、食料と水はすべてアマリエを置き去りにした仲間達が持って行ってしまった。死体のところに食料や水を残したところで無駄になるだけなので、それはそれでいい。

一つだけ残されていた空の水筒に通りがかった川の水を入れることはできたけれど、食べ物がないのは厳しかった。

ここは魔族が治めている地域であるから、道端に生えている果実もそのまま食べていいかどうかわからない。

鑑定スキルを持っていればよかったと、何度思ったことか。

それでも、以前食べたことのある果物を見つけられて、飢え死にだけは避けられた。あとは、魔族が襲ってこなかったのもついていた。

(サウルの町まで、あとどのくらいあるのかしら)

ずっと川沿いに歩いてきたけれど、方向的には合っているはずだ。せめて、人が行き来する街道に出ることができれば。

(……お腹空《なかす》いた……)

果物だけでは空腹を紛らわせることはできても、満腹にはならないし、体力の低下は避けられない。

服の内側に入れていた財布に、少しだけお金が残っているから、そのお金を使ってまずは食べ物を買おう。宿屋には泊まれないかもしれないけれど、野宿には慣れているから大丈夫だ。

——たぶん、サウルの町まではあと二日くらい。

そう思っているのに、身体はなかなか動かず、アマリエの歩みは遅々としたもの。

蘇生魔法という奇跡に分類される魔法を三人分も連続で使った後だ。アマリエの身体もぼろぼろだ。

ゆっくり歩みを進め、人が行き来しているらしい、大きな道には出ることができた。この道を進めば、きっとサウルの町に出るだろう。

(もう、だめ……かも)

けれど、これ以上足が動かない。

ぱたりと前のめりにアマリエは倒れ込む。風がアマリエのフードをばたばたとなびかせた。

◇◇◇

——ここは、どこ?

ゆっくりとアマリエの意識が浮上してくる。

まるで雲の上に浮かんでいるような、水に包み込まれているような不思議な感覚。

柔らかく身体を受け止めてくれて、身体に負担はない。

(気持ちいい……)

うっすらと目を開けば、真っ先に飛び込んできたのは天蓋の裏に幾重にも張り巡らされた薄い布。首を振れば、今横になっているベッドの左右にも柔らかな布が垂らされていた。

天蓋から垂らされた布で、ベッドの周囲はぐるりと囲まれている。薄い布を透かして向こうの光景が見えるけれど、今いる部屋はかなり広いらしい。

身体にかけられているのは、上質の上掛け布。すべすべとした肌触りが心地いい。

横たわっていたベッドを見下ろせば、今までアマリエが寝かされていたのは——。

「ぎゃあああああっ！　ス、スライム——！」

自分が「何」の上に寝かされていたのかに気づいて、アマリエの口からは何とも色気のない悲鳴が上がる。

その場から転がり落ちるようにして逃走を試みた。布を捲《めく》り、部屋へと飛び出す。

「——こ、こっちに来ないで……！」

真っ先に目についた扉に飛びついてドアノブを捻《ひね》るけれど、がちゃがちゃ音を立てるだけで開く気配はない。

扉にぺたりと張り付くみたいにして、ベッドの方へ視線を向ける。

「……いやああああっ！」

ゆらり、と今までアマリエを寝かしていた『スライム』が揺れる。一歩、後ろに下がろうとしたけれど、踵《かかと》が扉にぶつかっただけだった。

（ど、どうしてスライムがここに……！）

スライムは知的水準はさほど高くないが、物理攻撃が効かない厄介な相手として知られている。獲物を体内に包み込み、骨まで残さず溶かしてしまうのだ。

（……聖光魔法《ホーリーライト》で通じるかしら……？　あ、でも魔力戻ってない……）

だいぶ体力は回復したものの、まだ本調子ではないようだ。体内をめぐる魔力は微々たるもの。これで相手を攻撃することができるのだろうか。

「み、見逃して……お願い……」

お願い、と言葉を繰り返せば、さらにぷるぷるとスライムが揺れる。

「――どうした？　ああ、起きたのか」

不意に若い男の声が響く。

そちらに目をやり、アマリエはひぃっと息を呑《の》んだ。

男性の平均身長よりかなり高い身長。がっしりとした体格。黒い髪を無造作にかきあげた彼は少し不機嫌な表情をしていた。

髪の間からのぞく黒い目は切れ長で、油断ならない光を放っている。

彼の装いは黒一色で統一されていた。黒いシャツ、黒いクラヴァット、上着もズボンも黒い。

それでも、暗いというイメージにならなかったのは、金糸や銀糸で華やかな刺繡《ししゅう》が施されていること、使われている布がアマリエの目から見ても最高級の品だったからだろうか。

そして何より圧倒的だったのは、彼の魔力。

彼の持つ魔力は、他のものとは比べ物にならないくらい大きかった。今までアマリエが彼の魔力量に匹敵する魔力の持ち主を見たのはたった一度――魔王セエレだけだった。

姿形が人に似ているからといって、人間とは限らない。冷たいものが背中を流れ落ちる。

「あ、あなたは……？」

嫌な予感がしながらも、震える声で問いかけた。

――ひょっとして。

「俺か？　俺の名前はヴァラデル。この地を治める者だ――魔王、と呼ぶ者もいるな」

にっと笑った彼は、悪びれない表情でアマリエを見つめる。その名を聞いて、アマリエの背中はますます冷え込んだ。

魔王。

（こ、こんなに早く魔王が復活するなんて……）

魔王が倒されてから、次の魔王が現れるまで、たいてい百年ほどの時間がかかると聞いている。

ぎゅっと目を閉じた。せっかく、生き延びることができたと思ったのに、これで人生終わりというわけか。

（孤児院には十分な援助をしてくれるって国王陛下は約束してくださったから……それだけは、救いだったかしら）

捨て子だったアマリエは、教会に付属する孤児院で育てられた。

その孤児院の子供達に十分な援助をしてくれるという王との約束が、勇者パーティーに同行すると決めた理由だ。

ここで魔王に殺されたとしても、あとのことはきっと勇者達が対応してくれるだろう。これ以上は、余計なことは考えなくていい。

（こ、こうなったら……自爆魔法《スーサイド》を使うしか……）

武器になるようなものはこの部屋にはない。そして、アマリエには素手で敵と対峙《たいじ》するだけの技量はない。

体内に残っている魔力はないものの、自爆魔法であれば消費するのは魔力ではなく、自分の命だ。死ぬのは怖い――でも。

勇者パーティーの一員として今まで魔族と戦ってきたのだ。少しでもダメージを与えられれば、勇者達が魔王に対応するための準備をする時間も取れるはずだ。

意を決し、右手を握りしめる。なんとか、相手の胸に拳を叩《たた》きつけて、その瞬間に魔法を発動すれば。

「――えいっ……って、きゃあああああっ！」

彼の胸に打ち付けたはずの右手が掴まれ、そのまま腕一本で軽々と吊《つ》り上げられる。アマリエを自分の目の高さまで持ち上げた彼は、目を覗《のぞ》き込んでたずねてきた。

「……で、なんでお前はベッドから出ているんだ？　まだ、体力も魔力も完全に回復していないだろう」

「……はい？」

呆然《ぼうぜん》としている間に、そのままベッド――と言ってもいいのだろうか。スライムの上に放り出された。

おかしいだろう、この状況。

「や、や、や、そんなわけにはいきませんって！　私、ここにいるのが間違いなんじゃ」

「いいから、寝てろ！」

「はいぃ……」

魔王の目ににらまれて、逃げ出す気力も失われてしまう。

たった今、命をかけても彼を倒さなければと思っていたはずなのに、そんな決意は簡単に霧散してしまった。

（……隙を見て、逃げ出して……）

視線をうろうろとさせながら、頭の隅の方で忙しく考えを巡らせる。

なんとかここから逃げ出して、魔王の復活を皆に伝えなければ。

「よからぬことを考えていそうだな。まだ、寝てろと言ったはずだ」

ぐっと額に手を当てられたかと思ったら、急な睡魔が襲い掛かってくる。

一瞬にして、睡眠魔法《スリープ》をかけられたらしい。アマリエの意識は、その瞬間、ぷつりと途切れてしまった。

次に目を開けた時には、室内は薄暗くなっていた。日がだいぶ傾いたということなんだろうか。それともあれから何日か経過したのだろうか。

（……まさか、魔王の城にとらえられているなんて）

上質な上掛け布にくるまるみたいにして、身体を丸める。

ここは敵地だ。油断はできない。

そう言えば、今横になっているのはスライムだった。ゆっくりと身を起こし、ぷるぷるとしたスライムを撫《な》でてみる。どうしてスライムなのに、自分の上に乗っている獲物を食べようとしないんだろう。

「……なんで、私を食べないのかしら」

本来スライムというのは獲物を跡形もなく食べ尽くすものだ。

それこそ骨まで溶かされてしまうので、行方不明者の中には、スライムに食べられた者も何人もいるだろうとされている。

「俺の魔力を食っているからな、それで十分だ。それに、このクラスになると不必要なものは捕食しないようになる」

「そ、そういうものなの――って、きゃあああっ！」

目を開いた先にいるのはヴァラデルだった。

いつの間に姿を見せたのか、ベッドに両手をつくようにして、こちらを見下ろしている。

「気分はどうだ?」

「ど……どどどうって言われても!」

アマリエは慌てて鼻の下まで上掛け布の中に潜り込み、その下で身を縮めた。

「わ、悪くないです。すっごくいいです!」

「そうか。回復に特化したベッドだからな」

「か、か、回復って――ベッドって――! だって、これ、魔物……!」

魔族の世界の生物は、魔族と魔物の二種類に大別される。明確な区分は決められていないものの、人語を解し、人間以上の知能を持つ者を魔族。それ以外のものを魔物と呼ぶことが多い。

そして、スライムは魔物に分類される生き物だった。

「魔物って、これは俺が作った特製スライムベッドだぞ。三百年物で、寝ている者の体力と魔力の回復を増進させる。俺の魔力を直接注いでやってもよかったんだが、あまりにも弱っていて、それだとお前が死ぬ可能性があった。気持ち悪いかもしれないが、我慢しろ」

食べられないと知れば、少しは気が楽になる。

だが、いいのだろうか。自分は一応聖女なのだが。おそるおそる問いかけてみた。

「あの、どうして私……ここにいるんですか……?」

「三日前、サラの新作を観《み》るために、サウルの町に出かけていたんだ。そこで、消えかけているお前の魔力の気配を感じた。行ってみたら転がっていたので、連れて帰ってきたというわけだ」

三日前って！　出かけていたって！

どこから突っ込んでいいのかわからない。

魔王がそんなにほいほい人里に現れるものなのだろうか。それでいいのか、魔王。

「サラ？　新作？」

なんだかますます魔王の口から出てくるのには似つかわしくない言葉のように思えるのだけれど。

ヴァラデルの言ってることがますますわからない。枕に落ち着けた頭を捻っていたけれど、彼はそのまま続けた。

「——お前、サラを知らないのか？　今、サウルの町で一番人気の女優だぞ？」

（そんなことを言われても）

知らないものは知らないのだ。今までのんびり観劇するような余裕は与えられなかったから。

ふっとアマリエの心の中に反発する気持ちが芽生えたけれど、今は逆らわない方が得策だ。

それに、髪を滑る彼の手の感覚が気持ちいい。

「あの……私のこと、連れて帰ってどうするつもりだったんですか？」

そう問いかけたら、ぼんっと魔王の頬が赤くなった——ような気がした。

それから彼は、わしゃわしゃとアマリエの髪をかき回す手に力をこめる。

「いいから、お前はとりあえず寝てろ」

「それに、私……勇者パーティーの一人で、その……魔王セエレを倒して……」

「それもわかってる。だが気にする必要はない」

気にする必要はないのか、それでいいのか。ヴァラデルはセエレの後継者ではなかったのか。

頭の中をぐるぐると回る疑問が多すぎて、事態を飲み込むのも難しい。

（……だけど）

セエレを倒した場所から一週間ほど歩いたところで倒れたはず。その間は、途中で採取できた果物しか食べていなかった。

――その割には、空腹感というものはない。

身体もすっきりとしている。完全回復とはいえないにしても、最後に倒れた時とは比べ物にならないくらいぴんぴんとしているのは間違いない。

スライムベッドの回復力、おそるべしということなんだろうか。

「何か食べられそうか？　食べられそうなら食べ物を用意するが」

「い、いえ、そんなことをさせるなんて……！」

そのとたん、盛大に腹が鳴った。

「やや、これはっ！」

慌ててアマリエは腹部を押さえる。

こんな風に空腹を感じるのなら、健康の証拠なのかもしれないけれど、何も今、このタイミングで鳴らなくてもいいではないか。

「お、お腹が空いていないわけではなくて……いえ、お腹は空いているのだけれど！」

胃のあたりを押さえると、たしかに空腹なのだと訴えかけてくる。少し、しくしくするのはお腹が空き過ぎていたからのようだ。

「だと思ったんだ。とりあえず、食え」

ヴァラデルが指をぱちりと鳴らすと、傍らのテーブルに突然スープの皿が出現した。

ベーコンやキノコで出汁《だし》をとったらしく、横になっているアマリエのところまでいい香りが漂ってくる。

「大丈夫だとは思うが、スープから始めろ。人間の身体のことはよくわからん。サウルの医者に聞いたら、病人には、スープから始めるといいと言っていた」

(……わざわざ、町のお医者様に聞いてくれたの?)

大きな手が、アマリエの背中を支え、ベッドに座らせてくれる。彼はまめまめしく、アマリエの背中にクッションをいくつも差し入れてくれた。

「問題ないだろ?」

「……だ、大丈夫だと思います。私、自分の身体のことは自分でわかるので」

どうして魔王が自分を助けてくれるのかはわからないけれど、とにかく今は食事をした方がいい。スープに添えられていたのは銀のスプーンだった。

(毒物は入っていないという意思表示なのかしら……?)

毒物の中には銀に反応して黒くなるものもあるという。

すべての毒物に反応するわけではないけれど、王宮では銀のスプーンが使われているという話は聞いていた。

(……え?)

スプーンを手に取ろうとしたら、ひょいとそのスプーンが遠ざけられた。ついでにスープの皿も。

困惑するアマリエの前に、銀のスプーンですくわれたスープが差し出される。

「――食え」

魔王に、食事を与えられようとしている……?

この状況、いろいろと間違っている気がしてならない。けれど、差し出されたスプーンを払いのけることもできず、アマリエは小さく口を開けた。

(……だって)

熱々のスープを、目の前でふーふーして冷ましてくれているのだ。飲まないという選択肢はない。というか、ここで断ったらますますいろいろマズそうな気がしてくる。

「……おいしい」

慎重な手つきで口元まで運ばれたスープは、優しい味だった。ほっとする。

「よかったよかった。俺はうまいと思うが、俺の味覚と人間の味覚が一致するかどうかはわからなかったんだ」

「……いえ。あの、ありがとうございます」

相手が魔王だと思うと怖いが、彼の魔王らしいというところは溢《あふ》れ出る魔力の大きさくらい。

魔力の大きさを感じ取ることができるのは、日頃魔力を使っているアマリエ達のような人間だけ。

　体格がよくて頼りになりそうなところは、むしろ魅力的な男性と言ってもいい。

「でも、本当にいいんですか……？　私を助けてしまっても……？」

　二口目のスープを飲んでからたずねる。

　アマリエは、彼からしたら敵でしかないだろうにわざわざ面倒まで見てくれるなんて。

「私……、魔王を倒したのに」

　だから？　というようにヴァラデルは片方の眉を上げた。アマリエ達が、魔王を倒したというのに彼は気にしないというのだろうか。

「お前達が倒したのはセエレだろ？　そのことなら、俺は気にしない――俺達は、互いにそういった意味では関わらないことにしているからな」

「互いに？」

　では、ヴァラデルはセエレのあとを継ぐ魔王ではないということか。しかし、ここは彼の城だという。ということは、彼もまた魔王だというわけで。

「お前達が魔王と呼んでいるのは、魔物や魔族とお前達が呼んでいる存在を治めているもののことだろう。俺達にとって魔王というのは、魔族の中でも力が強く、他のものを支配下に置いている存在という認識でしかない」

　ヴァラデルの説明によれば、魔王と呼ばれる存在は現在三人――人という数え方が正しいかどうかは別として――いるそうだ。

ヴァラデル、ソフィエル、そして、セエレ亡き後、セエレのあとを継いで新魔王となったレガルニエル。

セエレは人間を支配下に置こうとしていたけれど、ヴァラデルとソフィエルは比較的人間に好意的らしい。そして、レガルニエルは、特に好意的というわけでもないけれど、あえて人間界に打って出るつもりもないのだとか。

「ということは、今は少しは平和になったということなのかしら……」

「そうだな。そう言ってもいいだろう。それに、俺は人間に対してさほど悪い印象は持っていない。というか、人間達の作る演劇などをこよなく愛しているからな」

まったく、魔王達というのはどうなっているのだろう。

少なくとも、今目の前にいるヴァラデルは、人間を攻めようという意思は持っていないらしいということだけは理解した。

(……この人の言うことをまるきり信じてしまうのも間違いかもしれないけれど)

魔族は人間よりよほど狡猾《こうかつ》だという。それならば、彼を信じるのも危険かもしれないけれど。

ゆっくりとヴァラデルはアマリエの口にスープを運んでくれて、アマリエはそれを残すことなく飲み干した。

(この人と話をしていても、あまり怖くない……)

最初は何事かと思ったけれど、比較的彼はアマリエに優しい。

行き倒れているところを拾ってくれたのだから、いい人に決まっている。

「ところで、お前はなんであんなところに倒れてたんだ？　勇者パーティーっていうのは、四人組だと聞いてたんだが」

「他の三人は先に帰っちゃったみたいで」

しかたないですよねー、と苦笑い。

ぽつぽつとアマリエは語る。セエレとの戦いで真っ先にアマリエが倒れたこと。

神父が持たせてくれた『身代わりの羽根』でなんとか生き返ったこと。

アマリエが倒れた後、他の三人でセエレを倒したらしいこと。

蘇生魔法を三回もかければ、魔力が枯渇してしまうから、そこで再び倒れてしまったこと。

あの時の様子をアマリエが完全に覚えているわけでもないけれど、たぶん体温も低下し、脈拍も弱くなっていたはず。ぱっと見ただけで、死んだものと思われたに違いない。

「たぶん、皆も埋めるだけの体力なかったんですよ。だから、ある意味ついてたなって」

少しだけ回復したところで、ゆっくりと歩きだした。魔族に襲われる恐怖と必死に闘いながら。

水を確保し、食べられるものを探し。そうやって、なんとかサウルの町まで戻ってくることができた。

「そうか、それでか。強大な魔力を持っているのに枯渇したなんておかしいとは思ってたんだ。蘇生魔法を三回も使えばそうなるだろう――下手をしたら、お前、本当に死んでたぞ？」

「仲間は見捨てられないから、しかたないですよね」

孤児院を出て、勇者パーティーに加わって二年。

最初はぶつかり合ったりもしたけれど、幾多の戦いを潜り抜ける中、結束は強まっていった。

生きる時も死ぬ時も一緒と誓った彼らがいたからこそ、セエレを倒すことができた。

セエレを倒した彼らを生き返らせることができたのだからこれでよかったのだ。

「……あの、私これからどうしたら？」

魔族に命を助けてもらって図々《ずうずう》しい気もするけれど、皆のところに帰りたい。皆だって、アマリエが生きていたと知ったら喜んでくれるだろう。

ぽつりぽつりとそう説明したけれど、ヴァラデルは難しい顔になった。

「お前が帰りたいというのならそれはそれでいいんだが、この城を出たらお前死ぬぞ」

「……え？」

「蘇生魔法を三度も使ったことによる体力魔力の枯渇。これは普通の回復薬や魔法で回復するようなものじゃない。根本から身体がぼろぼろになってるんだからな」

そういうものなのか。たしかに身体が妙に重いし、今まで常に溢れていた魔力の存在をほとんど感知することもできない。

「今は、回復したように思えるかもしれないが、俺の魔力でなんとかもたせている状況だ。この城を離れれば俺の魔力も届かなくなる」

「そう……ですか……では、手紙を……届けることは？」

「お前がこの城から出ても大丈夫だと判明してからの方がいいと思うぞ。城から出ても大丈夫なほど回復するかどうか、俺にもまだわからん。こういう事態は初めてだからな。それが判断できるまでここにとどまれ。その方がいい」

「——でも、あの、ご迷惑、じゃ……?」

どうひいき目に見ても、魔王の城に聖女がいるというのはあまりよくないのではないだろうか。

アマリエが不安に揺らぐ目を向けると、ヴァラデルはぽんぽんとアマリエの頭を軽く撫でる。

「迷惑だと思うなら、最初からここに連れてきたりしない。言っただろ? 俺は、人間とはうまくやっていきたいと思ってるんだ。だから、聖女を殺したりしない——本調子になるまでここで養生してろ」

髪を撫でる柔らかな手。

その手つきにアマリエの胸の奥で何か温かなものが芽生えてくる。

思えばこの二年というもの、こんなにも落ち着いて休んだことはほとんどなかった。

野宿している時は、いつ魔物に襲われるかわかったものではなかったから。

「……温かい」

彼の手から流れ込むのは、穏やかな魔力。アマリエはそっと目を閉じると、送り込まれてくるその感覚に身をゆだねた。

◇　◇　◇

こうして、アマリエの魔王城での生活が始まった。

まず、朝食の時間になるとヴァラデルと一緒に朝食をいただく。

魔王であるヴァラデルは食事を摂《と》る必要はないらしいのだが、「楽しみ」としての食事はやめるつもりはないそうで、毎朝アマリエのところまで来てくれる。

朝食を食べた後は、すぐに横になる。体力が尽きていると言われたのは本当のことらしく、食べるとすぐに眠くなってしまうのだ。

それから、昼食と夕食もヴァラデルと一緒に部屋でいただく。

一週間もたつ頃には体力も少しずつ回復してきて、目を覚ましていられる時間も徐々に長くなってきた。数日中には、ベッドを下りる許可も出そうな雰囲気だ。

今朝のメニューは、焼きたてのふわふわとしたパン。バター、蜂蜜、ジャム。卵料理にハムとベーコン、茹でた野菜。そこに野菜スープが加わって、最後には山盛りの果物だ。

アマリエが育った孤児院の朝食は、薄いスープとパンだけだったから、それと比べるととても贅沢《ぜいたく》だ。たぶん王宮で王族達が食べている朝食はこんなものなのだろう。

部屋で一緒に朝食を食べながら、二人で話をするのも楽しいけれど、一つだけ問題点があった。

「——魔王様」

「その呼ばれ方は好かん。ヴァラデルと呼べ」

「……でもそれって、なんだか妙ですよねぇ」

ヴァラデルのことをそのまま呼び捨てにするというのはなんとなく違う気がする。

相手は一応魔王ということは、魔族達の王様だし。

(あまり魔王っぽいところはなかったりするけれど……)

とちょっとしみじみとしてしまうのは、ヴァラデルがアマリエにあまり魔王らしいところを見せないからだろう。

「あのですね、魔王様」

「ヴァラデルと呼べと言ったはずだがな」

「無理……無理ですって……!」

「呼ばないとベッドから出してやらん」

「きゃーっ!」

そうだ、これはスライムだった。ぷるんと震えたかと思うと、アマリエを顔以外すべて呑み込んでしまう。食べられないとわかっていても、あまり気持ちのいいものではない。

「ヴァ——ヴァラデルさんっ!」

折衷案で『さん』をつけてみた。本当なら呼び捨てでもいいくらいなのに。

「む、しかたないな。それで妥協するか——ティカ、服を持ってきてやれ」

「かしこまりましたぁっ！」

元気な声と共に、ひょいと姿を見せたのは、小さな女の子だ。

黒いメイド服に白いフリルのついたエプロン。髪を二つに分けてピンクのリボンで結び、頭にはちょこんとヘッドドレスが乗せられている。

目は大きくてくりくりとしている。可愛《かわい》い。ものすごく可愛い。

「こいつはティカ。人間の世界では家妖精と呼ばれている種族だ。世話係につけるから好きに使え」

家妖精は、掃除をしたり料理をしたり、家事を手伝ってくれる存在だ。この城にもいるとは思っていなかった。

「ベッドからは出てもいいが、俺がいいと言うまで、部屋からは出るな。まだ回復してないんだからな」

「……はい」

正直、部屋にこもりきりになっているのは退屈だけれど、ここはヴァラデルの城だ。彼の言う通りにしておいた方がいい。

仕事があると出ていく彼を見送った後で、ティカが持ってきてくれた服の山に目をやる。

（こ、これってどうなのよ……！）

世話係をつけると言った理由を理解した。この服を一人で着るのは不可能だ。

上質な仕立てなのはわかる。袖口にフリルがたっぷりと使われたピンクのドレス。どこかの貴族の令嬢が似たようなのを着ているのを見た。

スカート部分が幾重にもフリルを重ねた形になっている青いドレスも可愛い。黄色のストライプのドレスは、袖の部分が大きくて振袖みたいになっている。

どれも可愛らしいけれど、アマリエの目から見たらあまりにも非実用的で、こんな服を着ていたら、何もできないのではないかと思う。

「あ、あのね、ティカ……私の着ていた服はどこにいったのかな……？」

アマリエが着ていたのは、動きやすさを重視した木綿のシャツに毛織物のズボン。それからベストや上着を重ね着して、一番上には防御力の高い魔法のローブを着ていた。

「あー、あれは……ぼろぼろ過ぎて修復不可能だったので捨てちゃいましたです」

「あ、そう……でも、この服だと動きにくいわよね……あ、あなたみたいな服はないの？」

ティカが着ているメイド服なら、動きやすそうだ。それに汚してしまう心配をする必要もないし。

「ティカが用意した服は気に入らなかったですか……？」

あまりにもティカがしょんぼりしてしまったので、申し訳ない気分になった。

「ご、ごめんなさい！　気に入らなかったわけじゃなくて、どれも素敵で……だから、汚したくないの。わかるでしょう？」

「大丈夫！　洗濯魔法できれいになるですよ！」

そういう問題ではないんだけどな……と思ったけれど、ティカをがっかりさせたくなくて、ピンクのドレスを着ることにした。

まだ、ヴァラデルの許可が下りないので、部屋の外に出ることはできない。縫物がしたいと言ったら、ハンカチに刺繍をすることになった。

窓辺に置かれたテーブルに刺繍道具を広げ、ティカが持ってきてくれたハンカチに花と鳥の模様を刺繍していく。

「アマリエ様は、裁縫がお上手ですね！」

「そうね、孤児院育ちだから——孤児院では、なんでも自分でしないといけないもの。洋服を作るのもね」

「あとは、何を作りましたか？」

ティカが首を振る度に、二つに分けて結った髪がぶんぶんと揺れる。その様子はとても可愛らしくて、思わずアマリエは微笑《ほほえ》んだ。

「あとは、厨房《ちゅうぼう》でお料理したり、お菓子を作ったり。お菓子は、孤児院のバザーで売ることもあったかな」

孤児院には育ち盛りの子供達がたくさんいる。寄付金集めのためのバザーでは、アマリエが焼いたお菓子を売っていて、それはかなりの高評価だった。

「お菓子、ですか！」

刺繍道具を手にしたまま、ティカが嬉《うれ》しそうな声を上げる。

「ティカ、お菓子作るの好きですよ！　アマリエ様、今度で一緒に作りましょう！」

「い、いいのかしら……？」

アマリエの目から見たら、美少女なので、一緒にいるとわくわくしてくる。もともと小さい子達の面倒を見ていたので、子供は好きだし。

「魔王様も喜びます。魔王様は甘いお菓子が好きですよ」

「そうなの？」

アマリエは目を丸くしてしまった。ヴァラデルが、甘いお菓子を好むなんて考えたこともなかった。彼ならどちらかと言えば、お酒の方を好みそうだと思ったというか。

（でも、楽しみとして食事はすると言っていたから……）

「もちろんですとも！　魔王様は、アマリエ様にゾッコンなのですよ！」

「それはないと思うけれど」

今の様子も、子供が大人の真似《まね》をしているみたいで可愛い——とは言わなかった。たぶん、ティカはそう言っても喜ばないだろうと思ったから。

◇　◇　◇

部屋を出てもいいと言われてから数日後。やっと厨房を使ってもいいという許可が下りた。

「ふふ、アマリエ様とお揃《そろ》いですね！」

「あのドレスは汚したくないから、よかったわ」

今日、厨房に行くにあたってアマリエが着たのはティカとお揃いのメイド服だ。

厨房に立つのにあの衣服では不便だと言ったら、すぐに用意してくれた。

ティカに案内されて厨房に行ったアマリエは、あまりにも広いので驚いてしまった。

「どうして、こんなに広いのかしら……」

食事を必要とする魔族達の食事は別の厨房で用意されるため、ここで調理されるのはヴァラデルとアマリエの食事くらいのもののはず。

それなのに、この厨房はとても、広い。

「たまにお客様を呼ぶですよ。他の魔王様と、その配下とか。数百の魔族が集うこともあるので、このくらいは必要なのです」

「……ああ、そうか。他に二人の魔王がいるんだものね」

魔王とその配下とか魔王軍の重鎮とか。アマリエが倒してきたセエレの配下の数を考えるとけっこういそうな気がする。

数百もの魔族が集まるのであれば、たしかにこのくらいの厨房は必要だろう。

「ざ、材料は……バターとか卵とかあるのかしら？」

「あります！　ロック鳥の卵と、スターカウの乳から作ったバター。スターカウの乳は、人間の言う牛乳と近い味ですよ！」

「そっか。ちょっと違うのかしら……じゃあ、材料を見せて――って、これちょっと無理でしょう！」

ロック鳥とは、巨大な鳥型の魔物だ。最大のものは、島一つ覆うくらい大きいなんて伝説もあるけれど、それはあくまでも伝説。

比較的よく見られるのは、片方の翼だけでアマリエ一人分と同じくらいの長さのある鳥だ。毒は持っていないし、肉は魔物の中でも美味だ。魔王を倒すための旅をしている間、何度か食べた。

だが、卵を見る機会なんてあるはずもなくて、ロック鳥の卵を見るのは初めてだった。

「こ、これを割るなんて……！　無理でしょう！」

ティカが棚から取り出してきたのは、ティカの上半身と同じくらいの大きさのある卵だった。よろめきもせず抱えているところを見ると、さほど重くないかもしれないけれど、いかにも頑丈そうな殻だ。

「大丈夫です。これで割るです。アマリエ様無理なら、ティカが割ります」

「……ハンマー！」

大きな金属のボウルの中にロック鳥の卵を置いたティカが取り出したのは、厨房に置かれるには不似合いなくらい大きなハンマーだった。

けれど、この卵を割るためには、そのくらいの大きさのハンマーが必須なのかもしれない。

「ちょっと貸してみて――えいっ！」

ティカから、ハンマーを借りて叩いてみる。いい音を立ててぶつかったけれど、勢いよく跳ね返された。

「い……いたぁい……」

手がじぃんと痺《しび》れて、思わず涙目になる。そんなアマリエを見ていたティカがふふんと笑った。

「これは、半端な魔族では割るのも難しいです。ティカくらいの『ツワモノ』にならないと無理なのですよ！」

アマリエの手から、ハンマーを受け取ったティカはにやり。

そして、ハンマーを握った彼女の手が、勢いよく卵に叩きつけられた。

ごぉんっ！　と、音がしたかと思ったら、卵にぴしりとヒビが入る。

「ロック鳥の卵の殻が硬いのは、この殻を破れないようなひな鳥は、出てきても生きていくことができないからです。この鳥、生まれるのさえ難しいのですよ」

「……そうなのね……」

思わず見たことのないロック鳥のひなに同情した。

それから、スターカウの乳。額に星のあざがあり、通常の牛の倍程度の大きさがある牛のことだ。

この牛は非常に獰猛《どうもう》で牛の姿をしているくせに肉食だ。人間をその角でひっかけて殺してしまうこともある。角は非常に重宝されていて、削って粉にすると滋養強壮にいいとされている。

「――ん、おいしい」

スターカウの乳なんて飲んだことなかったけれど、アマリエがよく知っている牛の乳より、ほんの少し甘い。魔物からこんな乳がとれるなんて。

それから、その乳から作ったバターも濃厚でおいしい。人間の世界で作られているバターの最上級の品と同じくらいの品質なのではないだろうか。

アマリエが、その品質のバターを知っているのは勇者パーティーの一行として、ある貴族の屋敷で歓待されたからだったりする。

それから城の果樹園で取れるナッツ類に生の果物。果物を乾燥させたドライフルーツにシロップ漬けもある。アーモンド粉や小麦粉、砂糖やチョコレートは、ここから一番近いのサウルの町で買ってきたものらしい。

砂糖の缶を取り出しながら、ティカはしょんぼりと首を振った。

「シュガートゲトゲっていう植物型の魔物から取れる砂糖もおいしいんです。でも、ちょっと今彼らから砂糖を取るのは禁止なのです」

「あら、どうして？」

「絶滅危惧です！　馬鹿な魔物が食べ尽くしかけたです。もうちょっと数が回復するまでお預けです」

「そ、そうなのね……」

魔族の世界もいろいろあるものらしい。けれど、砂糖があるからとりあえずは問題ない。

「じゃあ、まずはパウンドケーキを作りましょう！　この厨房のオーブンの使い方も確認したいし」

厨房に置かれていた壺《つぼ》やビンを調べ、ドライフルーツを見つけ出す。それからチョコレート

とナッツを刻んで使うことにした。

ドライフルーツのパウンドケーキとチョコレートとナッツのパウンドケーキ二種類だ。

さっそく材料をはかって、作業にかかる。こうやって、自分の手を動かしてお菓子を作るのは久しぶりだ。

「ティカ、そっちはどう？」

「んー、いい匂いです！　それにおいしい」

「まだチョコレート刻んだだけだから」

チョコレートを細かく砕く作業をしていたティカが鼻をひくひくさせ、口をもぐもぐ動かしている。チョコレートを刻むついでにつまみ食いをしたみたいだ。

ヴァラデル一人に渡すには多いだろうし、ティカにも分けてあげよう。それから、この城で働いている他の家妖精達にも。

数百体の魔族の食事を作ることもあるため、厨房には調理器具もたくさん揃えられている。ケーキ型もなん十本もあったので、とりあえず四本焼いてみることにした。

「ああ、やっぱり途中で入れ替えないとだめね」

巨大なオーブンの前に立ち、アマリエは生地の様子をうかがっている。右側は火力が強くなりがちのようだ。時間を見計らって、前後左右を入れ替える。

そうしているうちに、ケーキの焼きあがる甘い香りが漂い始めた。一晩寝かせたら、彼に渡すことにしよう。

第二章　魔王城の意外と平和な日々

三日後、朝食の席に現れたヴァラデルは機嫌がよかった。

「アマリエ、昨日のケーキはうまかったぞ」

「よかった！　お口に合いました？」

「お前が作ったものなら、なんでもうまい」

そんな風に手放しで誉《ほ》められると、顔が赤くなってしまう。

結局、一昨日《おととい》焼いたケーキは、一晩寝かせた後、二本を家妖精達に、もう二本はヴァラデルに届けることになった。ヴァラデルの口に入ったのは昨日のこと。口に合ったか心配だったので、誉め言葉は素直に嬉しい。

（気に入ってくれたのならよかった……）

「また、明日焼いてもらいたいのだがいいか」

「もちろん！　何かお好きなお菓子はありますか？」

「──そうだな、昨日と同じチョコレートのケーキがいい」

チョコレートとナッツを刻んで入れたパウンドケーキがことのほか彼のお気に召したらし

い。

「じゃあ、明日も二種類作りますね。あとで、何が作れるか厨房に行って材料を見てみます」

「頼むぞ。足りないものがあれば、ティカに言え。買い出しに行かせるから」

「――はい！」

頼まれれば、なんだかとても張り切ってしまう。自分は単純なのかもしれないと思いながら、アマリエは部屋を出た。

今日もティカはちょこちょことアマリエの側《そば》をついて回っている。

彼女の存在に、ずいぶん気持ちを楽にすることができた。

「材料を調べたいから、厨房に付き合ってくれる？　足りないものはティカに言えば調達してくれるって聞いたから」

「かしこまりましたです！」

ティカを連れて、アマリエはゆっくり廊下を歩いていく。

ヴァラデルの城は広いし、人間であるアマリエにとっても居心地よくしつらえられていると思う。

高い天井に石造りの壁。天井を見上げれば、格子状に区切られた中、一つ一つに精緻な絵が描かれている。

窓は大きく、開放的な作り。上の方が優美なアーチを描いた窓枠には金の金具がはめ込まれていて、窓ガラスは曇り一つなくピカピカに磨かれている。

床には、金で縁取りをした茶の絨毯《じゅうたん》が敷かれていて、ちょっと踏むのをためらってしまうくらいにふかふかだ。遠慮なく踏んで歩いているけれど。

セエレの城は、こんな城ではなかった。石造りの城であるのは変わりなかったけれど、窓は小さいし、じめじめしていたし、壁にはランプの代わりに発光する魔物が埋められていた。

おまけに、あちこちから血と黴《かび》の臭いもしていて――。あの時のことはあまり思い出したくなかったので、首をぶんぶんと横に振る。

（ヴァラデルさんって、感覚が人間に近いのかも）

それなら、こうやって人間の城のような造りにしているのもわかる。

「アマリエ様、ティカはクッキーも好きです。クッキーは焼けますか」

「もちろん、焼けるわよ？　そうね、バタークッキーを焼くのもいいかしら」

今日は、作業をするつもりはないのでメイド服は着ていない。

最初に出されたドレスよりも、装飾が少なくて動きやすい服にしてもらった。色がベージュなので、汚したら大変だと思ってしまうのは身体に染みついた庶民根性のせいだろうか。

ベージュのワンピースは、腰のところを茶のベルトで締めている。スカートは膨らませてなくて細めだ。襟のところと袖口のところは控えめにレースで飾られているのも可愛い。

隣にいるティカは、いつもと同じメイド服だ。アマリエの半歩後ろをちょこちょことついてくる。

この城になじみつつあるように感じていたけれど、少しだけ寂しいと感じることもあった。

アマリエがゆっくり歩いていくと、アマリエの姿を見た魔族達は、急に姿を隠してしまうのだ。

(いえ、わかってるんだけど——ここに人間がいたら気持ち悪いわよね)

彼らからしたら、属する国が違うとはいえ、魔族を退治し、魔王を撃退した勇者パーティーの一員だ。側に寄りたいと思えなくてもしかたないだろう。

(……だけど)

何かしたいというのは、そんなにもわがままなことだったのだろうか。ヴァラデルの役に立ちたいと願ってはダメだった……?

そんなことを考えながら廊下を歩いていたら、不意に目の前に一体の魔族がいるのに気がついた。床の上にぺたりと座り込んで、呻《うめ》いている。

「——大丈夫ですか?」

自分が彼らに疎まれているのも忘れて、アマリエはその魔族に近づいた。

「な、な、聖女——!」

慌てた魔族は、アマリエの姿を見るなり、じりじりと後退しようとする。

身体のどこかを悪くしているらしく、それも無駄な抵抗に終わってしまった。

「たしかに私は聖女です。だけど、あなたは私に害をなそうとはしてないでしょ? 具合が悪いなら、私に見せてください」

アマリエの言葉に、魔族は驚いたように、二度目を瞬かせる。

アマリエは相手の様子をじっくりと確認した。比較的、人間に近い姿の魔族だ。違いと言えば、頭に二本の角が生えていること。口からのぞく牙。そして、背中に生えた大きな黒い羽根。

比較的年老いているのか、顔は皺《しわ》だらけで眼鏡をかけている。

(……おじいちゃん、かしら？)

「ええと、おじいちゃん」

「誰がおじいちゃんだ！」

「ああ、そうなんですね。失礼しました」

アマリエはにっこりとした。

相手は怒っている様子ではあるけれど、アマリエに対して攻撃する意志を持っていないのは今のやりとりで判断できた。

攻撃するつもりだったら、とっくの昔に消し炭になっていただろうから。

(この人も、けっこうな魔力を持っている――魔族の中でも高位。ヴァラデルさんの側近と言われても納得してしまいそう)

「では、どこが悪いのかを教えてください」

「に、人間にどこが悪いかなど教えたら、そこを狙われるではないか！」

攻撃する意志は持っていないものの、人間に対して敵愾心《てきがいしん》は持っているようだ。

それについてはしかたない――人間と魔族の共存というのは、アマリエが想像しているよりずっと難しいだろう。

「では、勝手に診察します！　ティカ、この人が暴れないように手を押さえてて」

「かしこまりましたぁっ！」

「こら、ティカ！　お前、裏切者！」

相手が動けないのをいいことに、アマリエは手だけをティカに封じてもらっている間に、勝手に診察魔法を展開する。

魔族の身体の作りはよくわからないけれど、彼は比較的人間に近いから、ある程度は推測できるだろう。

「腰、ですね」

「ううう、うるさい！　そこでぐきっとなっただけだ！　け、けして年寄りだからではないぞ！」

「はいはい、わかりました」

どうやら彼は腰を痛めた――俗に言うぎっくり腰というやつだ――それならば、問題ない。

アマリエはさらに手を動かす。痛んでいる腰を治すくらい、『聖女』にはたやすいことだ。

「ちょっと失礼しますね――治癒魔法《ヒール》」

治癒魔法は回復魔法の中でも初歩中の初歩。アマリエの魔力を、ほとんど使うこともない。

魔族の身体が一瞬輝いたかと思ったら、光は腰のあたりで収束する。

「なっ……なんだと……！」

アマリエが治癒魔法をかけたことに、彼は驚いたみたいだった。眼鏡の向こう側から目を丸くしてアマリエを見ている。

「治りました？　まだ痛いですか？」

「い、いや……なぜ、儂《わし》に治癒魔法をかけたのだ？」

「だって、腰が痛かったのでしょう？　あなたは、私に攻撃する意志は持ってなさそうだったし。あ、嫌でした？　ひょっとして、魔族は治癒魔法かけられると痛かったりします？　悪化しちゃった？」

魔族も治癒魔法を使うが、人間の治癒魔法と異なっていたら、どうしよう。ひょっとして、ぎっくり腰を悪化させてしまったのではないだろうか。

急におろおろし始めたアマリエの様子がおかしかったらしくて、相手は不意に肩を揺すって笑い始める。

「いや、お嬢さん――いや、アマリエさんの治癒魔法はよく効いたよ。ありがとう」

「お役に立ててよかったです」

「当然！　アマリエ様は、魔王様が見込んだ人ですからね！」

隣でティカがなぜかえへんと胸を張った。

「儂は、人間の見方を考え直さないといけないかもしれないな」

「ヴァラデルさんに、親切にしてもらったお礼です！　受けた恩は返さねば！」

そこまで口にして、アマリエはふっと気がついた。

アマリエが一番役に立つのは、ここではないだろうか。

「あのですね、このお城に、他に腰を痛めたり、怪我《けが》をしたりしてる人はいませんか？」

「そりゃ、いなくはないが」

「皆さん、どうしてるんです？」

「治癒魔法を使える者が、この城にはあまり多くないのでな。ヴァラデル様の手をいちいち煩わせるわけにもいかないし、たいていは回復薬を飲んで治るのを待つ」

「私に、お手伝いさせてください！　治癒魔法くらいなら、すごく簡単なので！」

アマリエの申し出に、相手はまたまた目を丸くする。

それから、ポンと手を打つと、彼はアマリエに向かってついてくるように合図した。

「えー、アマリエ様、ケーキはどうするんですか？　ティカのクッキーは？」

「診療所のお手伝いが終わったら厨房に行きましょ。だいたい、焼くのは明日で今日は材料をチェックするだけよ？　あとでもいいわ」

アマリエが彼について歩き始めると、ぷぅぷぅ言いながらもティカは後をついてくる。なんだかんだ言いながらも、最大限アマリエの意思を尊重してくれるつもりのようだった。

一応、魔王の城にも診療所というものがあるらしい。

医師もいるけれど、治癒魔法は使えないらしい。看護師の中に、治癒魔法を使えるものがいて、必要とあらばそこで魔法をかけてもらう仕組みになっているようだ。

今、アマリエが見ているのは巨大なカタツムリの形をした魔族だった。

「はい、お口あーんしてくださいー。これは、喉の風邪ですね！　魔法でも治せますが、たぶん、薬を飲んだ方が楽に治ると思います。薬はあちらでもらってくださいな」

あーんと口を開けた先、喉の奥が真っ赤になっている。

病気の回復には治癒魔法とは別の魔法を使うのだが、そちらは対象者の体力をたくさん消耗する。軽い喉の風邪くらいなら、薬で治した方が効果的だ。

あっという間に、アマリエの前には行列ができていた。

「次の方、どうぞ！　横入りはだめなのです！　ちゃんと列に並んでくださいです！」

行列をさばいてくれているのはティカだ。ティカが患者をきちんと並ばせてくれるので、集中して診察と治療にあたることができるからありがたい。

聖女として旅をしていた頃も、町に泊まる機会があれば、こうやって患者達を診察してきた。

アマリエは深くフードをかぶり、顔を見せないようにマスクもして診察に臨んでいたけれど。

素顔をさらさないようにしてきたのには理由があった。パーティーの他のメンバーと違い、アマリエの戦闘能力はたいしたことはない。

屈強な男が二人もいれば、アマリエを誘拐することなんて難しくない。

そのため、人前に出る時には素顔をさらさないようにと言われてきた。魔王を倒した後も、アマリエの姿かたちが知られていれば、悪用しようとする者はかならず出てくるだろうから。

魔王を倒した後、アマリエがのんびり生活するためにはそうするのが一番だと言い聞かされていたので文句もなかった。フードとマスクはうっとうしかったけれど、皆の心配りをありがたいと思ったほどである。

今看《み》ているのは、六本の足を持った巨大な蜘蛛《くも》の魔物だ。

「ふむぅ。足の外殻にヒビが入っているみたいですね。これはここで治しちゃいましょう！　ちょっと足を引っ張りますよ？　一瞬痛いけど大丈夫ですか？」

ヒビの入っていない足を持ち上げて、魔物がそれを軽く振る。大丈夫ということだろうと解釈し、アマリエは足を引っ張った。そしてまっすぐにしてから治癒魔法をかける。

魔王の城では、たくさんの魔物や魔族が働いているらしいけれど、今の今まで彼らと直接顔を合わせることはなかったから、新鮮だ。

言葉を発することはできないにしても、アマリエの言いたいことはわかるみたいで、魔物も素直に治療を受けている。

(少しは、怖がられなくなるといいな)

人に危害を加える魔物や魔族はともかくとして、少なくとも、この城にいる魔物や魔族達に対してアマリエは悪い印象は持っていない。

何しろヴァラデルが率先してアマリエを救ってくれたのだ。恩をあだで返すような真似なんて、できるはずもない。

「次の方――って魔王様！」

「……アマリエ、ここで何してるんだ？　お前が診療所にいると聞いてびっくりしたぞ」

ヴァラデルがやってきたのは、アマリエが診療所に入ってから数時間が過ぎた頃だった。慌てたティカが、声を上げ、アマリエはヴァラデルの方へ向き直った。

「何って——お手伝い、です。何もしてないのって、落ち着かなくて」

「そんなことはしなくていい——まだ、完全に回復してないんだぞ！」

「……でも」

大声を浴びせられ、黒い目でまっすぐに見つめられてアマリエはうろたえた。アマリエにできることはたいしてなくて、できる限りの恩返しをするつもりだったのに。

「魔王様、ティカも止めませんでした！　アマリエ様を叱らないでください！」

じわりと涙がにじむのに気づいたみたいで、必死にティカがアマリエの前に立ちふさがる。

「ティカ……いいの。私、その……余計なこと、を……」

たしかに魔族を怖いと思った。だけど、ヴァラデルに恩返しをしたいと思ったのも嘘《うそ》じゃなかった。余計なことをしてしまった自分がいらだたしくて、ますます涙が溢れてくる。

「そうじゃない。お前はもう少し自分を大事にしろ。普通は、治癒魔法を使えるだけでかなりの大事なんだぞ」

「そ……そうなんですか？」

アマリエには、すごいことをしている実感がなかったので驚いた。

「ああ、それに、魔法を使うとお前の回復に時間がかかるぞ。お前からすれば少しとはいえ、魔力を使っているんだからな」

「それは、そうかもしれませんけれど……」

だけど、アマリエがこの城に滞在し続けるのは問題だろうか。

不意にそう思って、眉を下げた。ヴァラデルにとって、アマリエはとっとと出ていってほしい人間なのだとしたら、余計なことをした以外の何物でもない。

「いやいや、俺はお前にここにいてもらいたいと思ってるぞ！　ずっといてもいいくらいだ！」

「本当ですか？」

おかしい、と心の中では警鐘が鳴り響いていた。

魔族とこのまま一緒にいたいなんて、おかしい。間違ってる。

だけど――アマリエの心は、あまりにも簡単にぐらついてしまう。

ヴァラデルがずっといてもいいと言ってくれるのなら、このままここにいてもいいのではないだろうか。

魔族の中で人間一人。ひょっとしたら、これから先もつらいことはあるかもしれないけれど……。けれど、目覚めてからのこの城はあまりにも居心地がよくて簡単にアマリエの心を揺さぶってくる。

「ああそうだ。お前に一ついい話がある。お前が育った町の孤児院に手紙を届けられるよう手配できた。どうだ、手紙を書くか？」

「――いいんですか？　でも……」

自分が育った孤児院に手紙を届けることなんて完全に諦めていた。

魔族の世界と人間の世界の間には、目には見えないけれど、境界線がある。その境界線を越えるのは、実は大変なことなのだと聞いている。

人間が魔族の世界に立ち入らないのはそのためだ。魔族が越えてくるのは、人間の世界に攻め込むため。

「お前の回復具合を見ていたら、もう少ししたら外に出られるようになりそうだからな。だが、手配できたのは孤児院だけだ。勇者達はもう少し待て。彼らは今、国内をあちこち動き回っているみたいだからな」

「――はいっ！」

嬉しい。神父様に会うことができるかもしれない。

「準備ができたら会いに行こう。あとそうだな。魔族に拾われたとは書かない方がいい。サウルの町で、金持ちの貴族の世話になっているとでも書いておけ」

「サウルの町ですか？」

彼が今、名前を挙げたのは、東西南北の交易の中心地として名高い町の名前だった。

魔族の世界にも近いし、アマリエが力尽きて倒れていたのもその近くだ。

「ああ。サウルの町のヴァラデルという貴族。そう書いておけば間違いない」

「ありがとうございます！　嬉しい……本当に、ありがとうございます！　なんてお礼を言ったらいいか！」

ヴァラデルは、アマリエの願いをこんなにもたやすくかなえてしまう。

だったら、アマリエの方もまた返さなければならない恩が増えたということでもあったけれど、まだ少し、ここにとどまる理由ができたみたいで嬉しかった。

神父様、お元気ですか。ひょっとして、魔王を倒した後、私は死んだと伝えられたでしょうか。私は——魔王を倒した後、仲間とはぐれてしまいました。仲間達も無事に戻ることができていたらいいんですけど。

今はサウルの町で療養しています。このお手紙を書けるようになるまでずいぶんかかってしまいました。ヴァラデルという貴族の方が面倒を見てくださっていて、体調もだいぶよくなってきました。

もう少ししたら、皆のところに帰れると思います。その日まで、もう少しだけ待っていてください。

書き上げた手紙を封筒に入れ、最後にきちんと封をする。それからそれをヴァラデルのところに持って行った。

「ちゃんと届けさせるから、安心しろ。返信もすぐに来るはずだ」

ヴァラデルの執務室は、アマリエの知っている貴族の部屋とはちょっと違っていた。

大きな窓があって開放的な作りなのは、廊下と変わりがないけれど、壁に並んでいるのは、記録を記したノートではなく、記録水晶。これは、なんでも記録することができて、魔力を流しこめば中身を再生することが可能だ。

人間の世界では非常に高価な品で、王族の秘伝を伝えるとかそのレベルの話でないと記録水晶が使われることはない。

それから大きなデスクも一応置かれているが、ヴァラデルが好んで座っているのは、部屋の中央に置かれている大きなソファだ。

立派なひじ掛けのついた柔らかそうなソファに身体を沈み込ませ、宙に浮かせた記録水晶の中身を確認するのがお気に入りのようだ。

「アマリエ、お前もここに座れ」

「――お前もって！　きゃあっ！」

腕を引かれたかと思ったら、ヴァラデルの膝の上に横抱きだ。この体勢で、彼は仕事に集中できるんだろうか。

「――ほら、これが俺の城。今、使いの者が出ていっただろう」

「あら、腰を痛めてた方ですよね」

今、彼がアマリエの目の前に差し出したのは、記録水晶とはまた違う水晶だ。中継道具とでもいえばいいのだろうか。

術者と対象者がそれぞれ組になった魔石を持ち、魔石の周囲の光景をこの水晶に映すことができるというものである。

「ああ。しかし、よくわかったな。人間に偽装しているのに――あいつレベルになると、普通の人間じゃ魔族とすら気づかないぞ」

「魔力が、腰を治療した時に感じたものと同じだったので」

「この中継装置経由でそれがわかるお前も結構すごいんだぞ」

「そうなんですか……?」

顔立ちがみな違っているように魔力もそれぞれ特徴が少しずつ違う。それをうまく説明するのは難しいけれど。

中継装置越しでそれがわかるというのは、実はかなり高度な術を用いなければ難しいそうだ。今日は、初めて中継装置越しに魔力を見たので、気づかなかった。

「お前は自分がすごいという自覚がないんだな。あれだけ治癒魔法を連続して使って、消耗してないのもおかしいんだぞ?」

「前にえらい人に見てもらったんですけど、魔力の量が多いらしいですからねぇ……」

「たしかにお前の量はどうかしてるんだが、そういう問題じゃない」

(……どうしてかしら。こうされるの……気持ちいい……)

ヴァラデルの膝の上に乗せられて。身体の周囲は彼の腕が包み込んでいる。逃げ出すこともできないから彼の膝の上でおとなしくしているしかないけれど、この体勢が嫌じゃない。

むしろ、安堵《あんど》するというか落ち着くというか。このままずっとこうしていられたら、どれだけ幸せな気分になるんだろう。

こてんと彼の肩に頭を預ける。伝わってくる彼の鼓動。

ドキドキと脈打っているアマリエのものとは違って、ゆっくりと一定のペースを刻んでいる。

(……どうか、もう少しだけ、このままで)

体力が完全に回復したら、この城を出ていくことになる。

それまでの間、このぬくもりを忘れたくない。

「――なあ、アマリエ」

「なんでしょう?」

「こうして、お前を抱いているのは気持ちがいいな」

アマリエの背中を、大きな手がゆっくりと滑っていく。

(こうやって、抱かれているのも……気持ちいいです)

そう伝えたら、彼は、どんな反応をするんだろう。

けれど、それを言葉にはできなかった。

◇　◇　◇

ヴァラデルの許可をもらい、庭に出たアマリエは嘆息した。まず向かったのは果樹園だったけれど、そこはあまりにも無秩序だった。

「……このお庭、季節感皆無なのね……」

ここが、魔族の城だからというのもあるのかもしれない。今が旬とばかりに実っている桃の隣で林檎《りんご》もまた盛りだ。

ライムとオレンジも実っているし、そのすぐ側には杏《あんず》、クルミ、ヘーゼルナッツ。ブドウとイチゴが一緒に実っているとはどういうことだ。

菜園の方に行ってみれば、キャベツにニンジン、ブロッコリーにカボチャ――とこちらも季節を問わず収穫の時を待っている。

「でもまあ、それはそれ、これはこれ――よね。成長促進魔法をかけておこうっと」

畑の側で、アマリエは大きく腕を広げて祈る。

「大きくなぁれ、大きくなぁれ」

そうつぶやいたのはご愛敬《あいきょう》。

孤児院の菜園で成長促進魔法をかける時、子供達を楽しませるためにそう口にしていたから癖みたいなものだ。

アマリエの身体が柔らかく輝いたかと思うと、あたりに聖女の魔力が広がっていった。

アマリエの持つ力は、女神から授かった支援魔法と回復魔法だ。こうやって成長を促進させる力は、支援魔法に分類される。

アマリエの魔力が注がれるにつれ、果樹園の果物も畑の野菜もどんどん成長していく。このままいくと、三日後にはカボチャが収穫できそうだ。

「アマリエ様、本当にすごいです！　こんなにもりもり成長してるの見たことないですよ！」

ちょこちょことアマリエについてきていたティカが目を丸くした。

（……使える人が少ないって言ってたけど）

成長促進魔法はとても便利なのだが、使える人は少ないとされている。孤児院では薬草も栽培していたから、どんどん成長させて薬局に卸していた。

「そうなの？　んー、でもニンジンが収穫できるまで三日かかるし……このカボチャもあと三日はかかるわよね。パンプキンパイも捨てがたいわよね……ヴァラデルさん、喜んでくれるかしら。食事は必要ないみたいだけど、食べるのは好きだものね」

「パンプキンパイ！　いいですね！」

横でぴょんぴょん飛び跳ねているティカもご機嫌らしい。

甘いカボチャのフィリングを詰めて焼いたパイはアマリエの好物だ。

本来ならカボチャの収穫できる時期にしか食べられないけれど、この城でなら一年中食べることができる。

その他に何を作ろうか考えながら、アマリエは歩き始めた。今度は、花壇の方へと足を向ける。

水仙、薔薇《ばら》、ビオラ、チューリップ、ひまわりと、花もまた季節を問わず庭園のあちこちで咲き誇っている。その華やかな光景は、アマリエの世界では絶対に見ることができないものだ。

「どうした、散歩か？」

「ヴァラデルさん！　散歩というか……そうですね、果樹園の果物と菜園の野菜が早く大きくなるよう魔法をかけておきました」

「魔王様、カボチャ、三日で収穫できます！　パイを焼きます！」

ティカがアマリエの手にぶら下がるようにして言うと、彼は眉間に皺を寄せた。

「お前、おかしいぞ？　あのカボチャは俺が成長促進をかけても、あと十日は収穫までかかるはずだ」

「今の速度で成長したら三日でいけますって」

「助かるが……本当にお前、自分の特異性を理解してないんだな。レガルニエルのところで食べ物が不足しているようだからな、そちらに送ってやろう」

「――新しい魔王ですよね？」

「俺達ほどになれば食べ物は必要としないが、配下の魔族には食べ物を必要とする種族も多いからな。セエレが倒れた直後で、レガルニエルのところは城の機能も失われている」

どういうことかと問いかければ、ヴァラデルは嫌な顔一つせず説明してくれた。

魔王の城というものは、治める魔王の力によってかなり大きく変わるものらしい。ヴァラデルの城がこれだけ栄えているのは、彼の持つ魔力が強大だからだそうだ。

「レガルニエルはまだ城を受け継いだばかりだ。彼の力が行き届かないところもある。配下の者を飢えさせるわけにもいかないだろう」

「優しいですね」

「別に、そういうわけじゃない」

照れくさそうな顔をして、ヴァラデルがぷいとそっぽを向く。その様子が妙に可愛らしく見えて、くすくすと笑ってしまった。

「そうだ。今、少し時間あるか？」

「ええ、もちろん」

なにせ、今は暇を持て余している状態だ。あまりにも暇すぎで、城内の作物を成長させようと頑張ってしまっているくらいで。

「時間があるなら、俺に付き合え」

（……どうして、こんな）

彼の手が、アマリエの手を取ってゆっくりと歩く。

手が大きくて、指が長い。肉厚の手のひらはしっかりとしていて——彼が魔族だなんて、言われなければきっとわからない。

「お前はいつもせわしなく動き回っているんだな」

ゆっくりと庭を歩きながら彼が言う。

「何もかも自分でやるのが当たり前だったから落ち着かなくて」

掃除、洗濯、料理——孤児院にいた頃は、全部アマリエの仕事だった。

アマリエだけではなくて、孤児院で暮らしていた子供達皆がそれぞれ自分にできることを探して働いていた。

今がとても恵まれていることも理解しているけれど、それでもなんとなくこのまま世話になっているのは忍びないというかなんというか。

「飛ぶぞ。摑まってろ」

「はいぃぃ？　って、足、待って！」

ひょいと足をすくわれたかと思ったら、そのまま横抱きに抱えあげられる。

こんな風に抱き上げられるなんて、聞いたことない。

ヴァラデルは、アマリエを抱えたまま、ふわりと宙に浮きあがった。

（そうよね、この人……魔王だものね――！）

落とされてはたまったものではない。羞恥心とかあっという間にどこかに消え失せてしまって、そのまま摑まっているしかなかった。

「――ほら、これが俺の城――広いだろう」

「ひ、広いのはいいんですけどね？　私、飛ぶのには慣れてなくて――ああもう、無理かも！」

ヴァラデルがアマリエを連れて行ったのは、城の一番高い塔、しかもそのてっぺんだった。

空を飛ぶことができるから、ここまで来るのも難しくはないのだろう。たぶん、五階建ての建物を縦に六つか七つ並べたくらいの高さはありそうだ。

ヴァラデルは、その塔の屋根の上にごく当たり前みたいな顔をして座り込む。

「ほら、隣に座れ」

「むむむ、無理ですって――！　このまま、ここにいさせてください……！」

「ふむ。人間の女はずいぶん積極的だな」

「そういう問題ではありませんっ！」

ふむ、なんて感心したように言わないでほしい。

屋根はけっこうな急斜面で、下手に転がり落ちたらそのまま死んでしまいそうだ。

ヴァラデルは空を飛べるから気にしていないのだろうが、アマリエは普通の人間だ。この高さから落ちたら死ぬ。間違いなく死ぬ。

（普通の人間とはちょっと違うのかも……いえいえ、普通。普通だから！）

結局隣に座るという選択肢はなくて、ヴァラデルの膝に横抱きにされたまま。

彼の首に巻き付けた手を外すこともできない。

積極的だと言われれば、たしかにそうかもしれないとしか返事できない状況ではある。

（……わかってる、んだけど）

ヴァラデルに悪気はない。こんなに密着するってあまりないからどきどきしてしまっているだけだ。

「――とても、広いですね」

彼の胸に頭をもたせかけるみたいにしながら、アマリエはつぶやいた。

城の規模が、魔王の力に比例するというのなら――きっと、この城の広さは彼の心の広さを表しているのだ。

ひゅーっと吹き付ける風が、下ろしたままのアマリエの髪を揺らす。ヴァラデルの膝の上にいることで安心できて、ようやく少しだけ周囲を見回す余裕も生まれてきた。

アマリエが視線を巡らせれば、地平線が見えるくらいに広々と大地が広がっている。

緑に包まれた場所。

地面がむき出しになっている場所。

ごつごつとした岩が広がっているところ。

丘や、山。川は城の西側を流れているが、ここからは海は見えない。

ところどころ、家のようなものが見えるのは、魔族の住処《すみか》なのかもしれない。

それから、反対側に目をやれば、もう一つの城。それから、その向こう側、遠くにサウルの町が見える。

「ものすごく……広いですよね！」

もう一度、彼の耳に届くように叫んでみた。

——それに。

ヴァラデルは、アマリエが本当に嫌がることはしない。

彼の常識とアマリエの常識がものすごく違っている面は否定しないし、それゆえにアマリエからしたら突拍子もない行動に出ているのもまた事実だけれど。

行き倒れていたところを助けてくれて。

人間の食べられる食事を与えてくれて。

こうして今、アマリエが完全に回復するまで魔族の城にとどまることも許されている。

（……変なの。勇者達と一緒に旅をしていた時より、今の方がずっと安心できるなんて）

「――だろ？　あちら側が人間の暮らす国。それからその手前の城あたりが――セエレの治めていた国。今は、レガルニエルが新しい魔王だ」

アマリエの所属していた勇者パーティーがセエレを倒した後、即位したレガルニエルは、人間と比較的友好な立場を取っている魔王なのだそうだ。

「人間と敵対する存在ではないな。領土を脅かさなければ、お互い不干渉でいられるだろう。やつはさほど強い魔族というわけでもないし」

「魔王はあと一人いるのですよね？」

「あとはソフィエルという魔王がいる。人間からしたら女に見えるだろうな――本当はどちらなのか、俺にもわからん。あ、俺は男だぞ？　雄という言い方の方がいいか？」

「あー……ヴァラデルさんが男性なのは、なんとなくわかります」

魔族と人間の感覚を同じにするのは少し違うのだろうけれど、ヴァラデルは人でたとえるなら間違いなく男性だろう。たぶん、心も男性が近いのではないかと思う。

「ソフィエルさんって、人間に敵対する魔王なんですか？　今まで名前を聞いたことはないと思うんですけど」

「あいつは俺と同じタイプだな。人が創造したものを好むというか。人間界の甘味も好むぞ」

「それは、ヴァラデルさんとお揃いですね。敵対しないのなら、名前を聞いたことがなくても当然かもしれませんね」

人間が魔王の名を知るのは、戦った魔族から情報を得た時だ。配下の魔物が人間を攻撃しなければ、名を知る機会はない。

「どちらかと言えば、人間界に紛れているだろうな。しばしばサウルに観劇に出かけているぞ。俺の持っているボックス席を使わせろとうるさい」

「……ボックス席？」

どこの世界に、人間界の劇場、ボックス席を確保する魔王がいるというんだろう。

いや、現実問題として今目の前にいるわけではあるけれど。

（……もし、このままいられるのなら）

不意にアマリエは夢想する。

会ったことはないけれど、人間の世界とはお互い干渉しないでいようとしているレガルニエル。

人間の創作物を好むソフィエルとヴァラデル。

今の魔族の世界が、この三人によって統治される時代が続くのなら――勇者なんて存在も、もうしばらくの間は必要ないのかもしれない。

戦いたくない、と思う。この間まで敵対していたのに図々しいかもしれないけれど。

「ヴァラデルさん……私……」

「どうした？」

彼の胸にもたれるようにして顔を上げたら、すぐそこににこにことしている彼の顔がある。

まったく邪気というものを感じないその表情に、胸がきゅっと甘くうずいたような気がした。

（……私ってば）

何を考えているんだろう。

一度は勇者パーティーに属していたのに、こんなところで魔王相手にきゅんきゅんしているなんて。けれど、ヴァラデルはアマリエが教えられてきた悪の権化とはまったく違う。

彼が、アマリエに対して丁重な対応をしてくれているのはわかっている。

けれど、こんな風に大切に扱われてしまうとどうも調子が狂うというかなんというか。

（ウィルフレッド達と一緒の時って、こんな風じゃなかったものね）

勇者パーティーにおいて大切なのは、最前線に立って敵を攻撃すること。

そのため、もっとも重要視されていたのは最前線に立つ勇者ウィルフレッドと戦士エミル。

その次が広範囲の敵をせん滅することのできるフィーナであった。

アマリエにできることと言えば、怪我を負った彼らの回復。そして、戦いの前に支援魔法をかけておくことだけ。

ウィルフレッドやエミルがアマリエの回復魔法を必要とするのは、強敵を相手にした時だけだし、それだって回復薬を使えばある程度彼ら自身で対処することができた。

だから、四人のパーティーと言えど、アマリエの存在は彼らの中では一段低いものだった。

男性用と女性用、二張りのテントを張るのはウィルフレッドとエミルがやってくれたけれど、それだって早くテントの中で休みたいから。彼らがテントを張り、中で休んでいるその間、水を汲《く》みに行くのも野草や野の果物を採取するのも、それらを調理するのもアマリエの仕事だった。

彼らが休んでいる間にせっせと調理して、給仕。彼らが食べ終えた後、ようやくアマリエの番になる。それから食事の後片付けをして見張り。

見張りを交代する時になってからようやく眠りにつくことができるけれど、その時にはフィーナがテントのほとんどを占領して、隅っこで小さく丸まって寝ることしかできなかった。

四人は仲間と言いつつ、アマリエだけが他の三人より一段低い位置に置かれていたのである。

それなのに、ヴァラデルの城に連れてこられてからは、とても丁寧に扱われている。

気が抜けるというかなんというか。

屋根をおりたヴァラデルは、地面にアマリエを下ろしてくれる。庭園のこのあたりもまた、アマリエは来たことがない場所だった。

「どうした？　不満か？　俺の城は、ちょっとしたもんだと思うんだがな」

「とっても広くて素敵だと思いますよ？　ただ……」

そう言ったけれど、アマリエの表情は曇りがちだった。お城は素敵だ。けれど、何もさせてもらえないので落ち着かない。

「ほら、この景色はどうだ？　お前の故郷はこんな感じだったと思うんだが、違ったか？」

「――わあ！」

彼が指さした先には、小さな箱庭が設置されていて、アマリエの町によく似た小さな家々が並んでいる。街の中心にあるのは女神を称《たた》える教会。その側にあるのは、アマリエが育った施設。

市場には、たくさんの人が行き来しているみたいに小さな人形が置かれている。

「すごい！　よくわかりましたね……！　そう、私の故郷、こんな感じだったんです！」

両手をぱちりと打ち合わせて、ヴァラデルの顔を見上げる。

嬉しい――どうして、この景色を彼が見つけることができたのかはわからないけれど。

「私、両親の顔を知らないんですよね。教会の前に捨てられていたって――だけど、とても懐かしいです」

両親がいなかったアマリエにとって、教会付属の孤児院は、とても大切な場所だった。勇者パーティーへの参加を決心したのだって、孤児院への支援と引き換えだ。

「……帰りたいな」

つい、そんな言葉が口から零《こぼ》れ出た。

今、この環境に不満があるわけではないのだ。ただ――帰りたい。

弟や妹みたいに可愛がっていた幼い子供達に会って、それから――皆のためにおいしいご飯を作って。

「それは困る。俺は、お前にいつまでもここにいてほしいと思っているんだからな」

「……だけど」

ヴァラデルには助けてもらった恩があるけれど、魔族と人間が共存なんてできるのだろうか。

「ここにいても、何の役にも立てない気がするんです」

「お前は、ここにいてくれるだけでいい」

彼はアマリエを慰めてくれようとしたけれど、アマリエはその場にいるのがいたたまれなくなってしまった。

◇◇◇

アマリエの願いを受け、二つの仕事が与えられるようになった。週に二日診療所の手伝い。それと週に一日、庭園に植えられている植物に成長促進魔法をかけること。

ヴァラデルに箱庭を見せてもらってからちょうど一週間後。アマリエは庭で唸《うな》っていた。ヴァラデルが一緒にいてくれるので、あちこち案内してもらえるから安心だ。

（……こ、これは……この植物は見たことがないけれど……）

紫の大きな山に、とげとげとしたものが生えている巨大な植物。サボテンに似ているけれど、こんなに大きくて紫色のサボテンは見たことがない。

この植物も、アマリエが手を貸したら大きく成長するのだろうか。

「――ヴァラデルさん、この植物はなんですか？　サボテンに似てる気がしますけど」

「これは、ヒトサボテンだな。もう少し育つと、根が足に進化して歩き始める。人間にとってさほど害はないと思うぞ」

「――ヒトサボテン、聞いたことはあります」

まさか、育つまでこんなところに植えられているとは思わなかった。

「でも、すごく楽しいですね！　菜園とか果樹園とか——次は何を作ろうかってわくわくしちゃいます」

アマリエの焼く菓子類は、幸いヴァラデルの口に合っていたみたいだ。

次はあれが食べたい、これが食べてみたい——と、時々頼まれることもある。

いつぞや腰を治してあげた魔族によれば、午後の仕事の合間につまむのを楽しみにしているらしいので、アマリエとしても作りがいがあるのだ。

「そうか？　それならいいんだが——お前には世話になりっぱなしだな。診療所にも通ってくれているのだろう？」

「何もしない方が落ち着かないので。最近は、ティカも診療所を手伝ってくれるんですよ。家事だけじゃなくて、患者さんのお世話も得意なんですね」

アマリエの感心した言葉に、ヴァラデルも応じてくれる。彼と、こんな風に過ごすことができて——。

（変な感じ……なのよね）

たとえば朝食の時彼と一緒にいられないとか。朝から一度も顔を見ていないとか。そんな風に彼がいない時には物足りなくて。

こうやって、並んで歩いているだけで、胸の中にぽかぽかと温かな感情が生まれてくる理由はどこにあるんだろう。

(──人間の世界にいた頃とはちょっと違うから……かなぁ)

並んで歩いているヴァラデルの顔を見上げてみる。

教会付属の孤児院で暮らしていた幼い頃、アマリエの生活はとても貧しいものだった。孤児院に寄付をしようなんて奇特な人はあまりいなかったから。

時々空腹を抱えていたこともあるけれど、そんな中、アマリエ達の空腹を満たしてくれたのは、畑でとれる作物だった。

アマリエが支援魔法に目覚めてからは、さらに畑が重要な役を果たすようになった。

大きくなぁれ、と祈りを捧《ささ》げれば、作物は通常の何倍もの速度で成長してくれる。

一シーズンに二度も三度も収穫することができたし、食べきれなかった分は市場で売ることもできた。

(……それで聖女、なんて言われちゃったんだけど)

大人達は、利にさとい。

アマリエが役に立つと知ったとたん、孤児院への寄付金は十倍近くに膨れ上がった。

通常、教会で認められなければ使えない支援魔法や回復魔法をアマリエが使うことができる理由はいまだに不明だ。

(でも、ヴァラデルさんは私を利用しようとはしないもの)

ヴァラデルはアマリエを助けてくれたけれど、聖女としての力を利用しようとはしていない。

診療所に通っているのも、あくまでもアマリエがそうしたいからでしかない。

「あ、アマリエ。ここは気をつけた方が――」

「ひゃ――きゃあああああっ！」

足にぐるりと巻き付いてきたのは、何かの蔓《つる》のようなもの。そのまま右足一本で、高々と吊り上げられてしまう。

「ぎゃあああ、スカート！　誰かっ！　助けて――ひゃーっっ！」

またもや色気のない悲鳴が響き渡る。

足一本で逆さまにつるされてしまったものだから、スカートが完全にまくれてしまった。中に着ているシュミーズは裾の長いものであったけれど、それもまた役に立たない。

両手でスカートを押さえるけれど、ドロワーズ丸見えである。

「や、やだ……どうし――」

勇者パーティーと共に旅をしていたとはいえ、アマリエは戦闘にはほとんど関わっていない。敵はすべて勇者達が倒してくれたし、アマリエの役目と言えば、戦闘が始まる前に支援魔法をかけること、戦闘中は回復魔法をかけることだけだったのだ。

強いて言うならば、あとは戦闘中の荷物番くらいか。

しかし、今、アマリエを吊り上げているのはどう贔屓目《ひいきめ》に見ても、植物型の魔物である。

毒々しい赤い色をした花の中央がぱくりと開いて、その先になにやらとげとげとしたものも見えている。

――食べられてしまう！

えいえいえいっと下着が丸見えになるのもかまわず手を振り回すものの、そんなことくらいで魔族が引き下がるはずもない。

「落ち着け、アマリエ。こら——スカート！」

「ヴァラデルさん、こっち見ちゃダメですってば！」

「少しくらい我慢しろ！」

「ひどい！」

目をぎゅっと閉じてしまっているから、今のヴァラデルの目にどう映っているのかはわからない。

「見ないで！　お嫁に！　お嫁に行けなくなっちゃうぅぅぅぅぅ！」

死の恐怖も、ヴァラデルに気づかれた羞恥心の前に完全に消し飛んでしまった。

アマリエがばたばた手足を振り回すと、足に巻き付いていた蔓がひょいと外される。

「きゃあああああああっ！」

空中に投げ出されて、アマリエは悲鳴を上げた。こんな風に空中に投げ出されるなんて——。

地面に叩きつけられることを覚悟していたけれど、けれどアマリエの身体は優しく受け止められた。しっかりとした腕が、大切にアマリエを抱え込んでいる。

「ヴァラデル……さん……？」

ぎゅっと頬を押しつけられたたくましい胸元。魔物の手からアマリエを救い出してくれた腕。

——いや、彼も魔族であるというか、魔族の王であるというのは忘れてはいけないことなのだろうけれど。

ただ、彼はいつでもアマリエを大切にしてくれるから——だから、ちょっとくらくらしてしまうのだ。

「悪かった。これは人食い花でな」

「人食い花っ！」

「通りすがった者をとらえ、花の中央にある口から食べてしまう」

「ひぃぃ……」

助かった。ヴァラデルが一緒にいてくれて本当によかった。

もし、彼が来てくれていなかったらおいしく食べられてしまうところだった。だけど、そういうことは先に言っておいてほしかった。

身体から力が抜けて、思いきり彼に寄りかかってしまう。

「怖かった……」

じわり、とにじむ涙。

「悪かった。きちんとしておくべきだった」

困ったみたいに喉の奥でうなった彼の手が、そっと背中を撫でてくれる。

「こいつら、侵入者避《よ》けにここで見張りをさせているんだよ。いいな、アマリエは俺の大事な人だ。食うんじゃないぞ」

ヴァラデルが言い聞かせると、植物型の魔物は首（?）をゆらゆらと振って、了承の意を示す。

（……どうしよう……、今）

ヴァラデルは、アマリエのことを大事な人——と言った。そんな風に言われたら、ちょっと心臓のあたりがどきどきとし始めてきた。

彼と何があるというわけでもないのだけれど。

「——そうだな、あとお前の故郷には、もう少ししたら連れて行ってやる」

「もう少ししたらですか？」

「ああ、まだお前の身体は完全には回復していない。今、自由に動き回ることができているのは——この城に満ちている俺の魔力を吸収しているからだ。だから、この城を遠く離れるとまた倒れることになる。今度は命の保証はできん」

「そうだったんですね……すみません、わがままを言って。ヴァラデルさんてば、私のことを……こんなに考えてくれているのに」

彼は、アマリエのことを考えてくれているのに本当に申し訳ないことをした。

けれど——心配されていたのだ、と知ると、胸がほわんとしてくる。

彼が、アマリエを大切にしてくれている——。

自分とは違う理《ことわり》で生きている相手。それをわかっているのに、彼に見られるだけで、こんなにも頭がふわふわするのだから、どこかおかしい。

「俺が言わなかったからな。お前に——なるべく、心安らかに暮らしてもらいたいと思うのは、間違いじゃないだろ？」

「そんな風に言われると、なんだか照れちゃいますね」

「――照れろ。そして、俺のところまで堕《お》ちてくればいい」

妙に彼が芝居がかった口調で言うから、ついアマリエも取り込まれそうになった。

「そうですね。ヴァラデルさんのところまで行ってみたいです」

「まだしばらく気をつけろ。蘇生魔法を三人分。普通なら死んでもおかしくないくらいの魔力の消費だ――少し無理をすればすぐに心身ともにだめになるぞ」

「ヴァラデルさんの言うとおりにしますね！」

この二年間、聖女として戦ってばかりだったから――こんな甘い時間を過ごすことができるなんて想像もしていなかった。

ヴァラデルに取られたままの手が、大切な宝物みたいに思えてきた。

（……魔族だって、悪い人ばかりじゃない……）

それは、アマリエも今まで知らなかったことだった。あんなにも魔族を相手にし続けてきたというのに。

「ヴァラデルさん、私……もっと、お役に立ちたいです」

「……よけいなことは考えなくていい。お前は、ここでのんびりしていればいいんだ」

「そう、ですか……」

（ヴァラデルさんの役に立ちたいのに）

命を救ってもらったのだから、お礼くらいはしたい。それに、体力が回復するまでの間、安全にいられる場所も用意してもらった——それなのに、何も返すことができていない。

「俺と一緒に歩きに行くか？　体力をつけることも必要だぞ」

こんなにもこちらを見つめる彼の目は優しいのに。

人の世界ではあまり見ることのない黒い瞳。アマリエの緑色の瞳と正面からぶつかり合って——そして、アマリエを吸い込んでしまいそうになる。

「いえ、大丈夫……です。一人で歩いてきますね」

差し出されたヴァラデルの手を取ることができなかった。

首を横に振って歩き始める。

後ろの方から、彼が何か言うのが聞こえてきたけれど、正面から彼に向き合うのが今は怖かった。

第三章　捨てられた聖女の真実

ヴァラデルに恩返しがしたいのだと言ったその次の日。

ヴァラデルはアマリエを自分の部屋へと呼んだ。ティカは部屋で留守番だ。

動きやすい格好で来てほしいと彼が言うから、ティカとお揃いのメイド服だ。このメイド服のデザインはとても可愛いので、アマリエも気に入っている。

最初に通されたのは寝室。

ここは、アマリエの部屋とさほど違いはなかった。部屋の中央に置かれた大きなベッド。真っ白なシーツと、柔らかくて暖かそうな掛布団。

床に敷かれた赤い敷物の縁には、金で縁取りが施されていている。足を一歩踏み出せば、沈んでしまいそうなくらい毛足が長い。

「隣の部屋の掃除を頼んでもいいか。魔法で綺麗《きれい》にできる範囲は俺がやるからかまわないのだが、どうしても人の手が必要なところは出てくる」

「もちろんです！」

寝室を通り抜け、その奥にある部屋の扉が開かれる。

けれど、その部屋は、アマリエの想像していたものとはまるで違っていた。

まず、入ってすぐに柔らかくて座り心地よさそうな革張りのソファ。その傍らにはテーブル。さらには、ガラス製のデキャンタ――たぶん、中には酒が入っているのだろう――に、脚の部分に繊細な細工の施されたガラスのグラス。

だが、この部屋にあるのはそれだけではなかった。

ソファに座って見上げる先には、美しい女性を描いた絵。白く透き通るような布で作られたドレスを身にまとい、首には銀に赤と青の宝石をあしらった首飾り。手には重そうな銀の腕輪。こちらをまっすぐに見つめた彼女の髪は波を打って背中へと流れ落ちている。彼女の周囲には百合《ゆり》や薔薇の絵が描かれていた。

「こ、これは――！」

よく見れば、これは絵ではない。劇場で売られているポスターだ。

演劇の登場人物の絵を描いたポスターやカードは、観劇の思い出としての人気商品だ。

印刷技術がここ二十年ほどの間に急激に発達し、色鮮やかな絵を美しく印刷することが可能になったためだと聞いている。

そのポスターやポストカードの売り上げの一部は、俳優の収入となるために、商品がどれだけ売れたかによって、俳優の収入はがらりと変わると聞いている。

金持ちはぽんと大枚をはたいて後援者になるけれど、一般庶民はポスターやポストカードを買って自分の好きな俳優を応援するのだ。

「それはな、サラという女優だ。サウルの町の劇場で一番人気――俺の贔屓の役者でもある」

「は、はぁ……」

（そう言えば、人間の創作物に興味があるって、ヴァラデルさん言ってたっけ……）

ヴァラデルが人間と対立しないのは、人間の作る創作物に興味があるからだという話は前に聞いた。だから、演劇もそのうちの一つなのだろう。

この城に来たばかりの頃、サウルの町にサラが出る舞台を観に行った帰りにアマリエを拾ったと言っていたような。

だけど、こうやって女優のポスターを部屋に張っているというのはどうなんだ、ありなんだろうか。

「本当に、彼女の演技は素晴らしいぞ――舞台に出ただけでその場の空気が変わる。華やかで美しいしな」

華やかで美しい。

その言葉にずしんと落ち込んだ。

どちらもアマリエには無縁のものであったから。

けれど、そんなアマリエを引っ張るようにして、ヴァラデルはどんどん部屋の奥に進む。

「ここは、俺のコレクションを飾っておく部屋なんだ。他の魔族には触れさせたくなくて――常に清掃魔法で片付けてきた」

この城の規模に対して、働いている魔族の数がさほど多くないのに、この城がぴかぴかに保たれているのは、掃除を担当している魔族の中に清掃魔法の使い手がいるからだ。

「……清掃魔法だけではだめなのですか？」

「それだけでは足りないな。見てみろ――ほら、この額縁が曲がっている。清掃魔法では清潔にするだけであって、こういったところまでは手が回らない」

どうやらヴァラデルはサラという女優が本当に気に入っているらしい。

部屋に作られた壁というか間仕切りというか。そこにはすべてサラのポスターが飾られていた。

四方八方から見つめられて、正直なところ――ちょっと引いた。

もちろん、ヴァラデルが誰を贔屓にしようが、アマリエの口出すところではないにしても。

「ほら、これは『金獅子王《きんじしおう》の花嫁』を演じた時のサラだ。可愛いだろう」

「私、劇場に行ったことないんですよね……」

演劇なんて、アマリエには縁がなかった。

孤児院の子供に観劇なんて贅沢が許されるはずもなかったし、孤児院を出てからはずっと勇者パーティーの一員として旅をしていた。

「そうか、それなら今度一緒に行くか？　お前にサウルを見せてやりたいしな」

「いいんですか？」

「いいんですかって何がだ？　この城から、今お前が離れるのは危険だからな。俺と一緒に行くしかないだろう」

「――そうではなくて」

本当にヴァラデルは理解しているんだろうか。

アマリエなんか連れて行ったら、彼が贔屓にしているサラが不愉快な思いをするんじゃないだろうか。だけど、その言葉は声にはならなかった。

「本当に彼女の芝居は素晴らしいぞ。アマリエにも見せてやりたい――と言うか見ろ。見るべきだ」

「連れてってくれますか？」

（どうしよう。自分の心が制御できない）

ヴァラデルと一緒にいられるのなら、それでいいと思ってしまうのだからアマリエもたいがいだ。

「サウルの町は行ったことがないから楽しみです！　ウィルフレッド達と旅をしていた間は、町に寄るのって物資の補給のためだけでしたもん」

どこの町でも勇者とそのご一行は大変歓迎してもらえた。

おいしい料理とお酒がふるまわれ、ウィルフレッドとエミルの側には綺麗なお姉さんもついていた。フィーナには町のお偉方が愛想を振りまく。

彼らがそうやって歓待されている間、アマリエは町の病人や怪我人に治癒魔法をかけて回り、食料や回復薬の物資の補給と忙しく動き回っていた。

町にいる間、他の三人は休養していたけれど、アマリエにそんな余裕はなかったのである。

「それってひどくないか？　お前、いつ休んでたんだよ」

「そう言えばそうですねぇ……でも、ウィルフレッドは勇者だし、エミルとフィーナは貴族だし……」

単なる平民なのは自分だけ。

だから自分が動くのが当然だとあの頃は思っていたけれど。今、よく考えてみたらけっこうひどい扱いを受けていたような気がしなくもない。

「俺のアマリエをこき使うとはいい度胸だ。顔を合わせる機会があったら、地獄の業火で焼き滅ぼしてやる」

「だだだだめですって、そんなこと！　ヴァラデルさんは、そのままでいいんです！　だいたい、これ以上魔王を倒しに来ることってないですよ。ヴァラデルさんもレガルニエルさんも、穏健派なのでしょ？」

魔王が何人か存在することは教えてもらったが、勇者が退治するのは人間に対して攻撃の意を持つ魔王だけだ。

人間が魔王に対して、手を出したところで負ける可能性が高い。歴代勇者が魔王に勝つことができたのは奇跡の積み重ね。

魔王の側が人間に攻撃をしかけないというのなら、人間の方から魔王に挑む必要もないのだ。

「――お前は本当にお人よしだな。よし、俺がうんと甘やかしてやる」

「これ以上甘やかされたら、私、だめになっちゃいます――わ、待ってください！」

ひょいと片手で抱えあげられ、彼の膝に座らされる。彼の手が、アマリエの髪を優しくすいた。そして、髪に何か挿し込まれたようだ。

片手を頭にやったら、髪飾りがついていた。キラキラとした紫色の水晶と透明な水晶で、花の形をかたどったものだ。四つ小さな花が並んでいて、とても華やかな雰囲気だ。

「あの、これは……？」

「今までの礼だ。診療所の手伝いや、子供達の相手をしてくれたりしていることへの」

どうしよう。

こんなに綺麗な髪飾り、見たことがない。胸の奥の方から押し寄せてくる柔らかな感情。この感情に、なんて名前をつけたものかまだわからない。

だけど、かたりと心の奥で何かが動いたような気がした。

だめだ、この感情を認めたら、だめだ——。心の奥の方から、そう叫ぶ声が聞こえてくる。

「ありがとうございます……大切に、しますね」

外した髪飾りを、胸の前で抱きしめてみる。

こんなに美しいものは、絶対に大切にしなければ罰が当たってしまう。

髪飾りをもらった翌日、広い部屋に呼び出されたアマリエはとても困惑していた。

「あの、これはどういうことなのかしら……？」

部屋中に広げられた美しい布。ティカをはじめとした家妖精達があっちへ行ったりこっちへ行ったりと忙しく行き来している。

今日は菓子はいらないから、午前中は空けておくようにとヴァラデルに言われ、呼び出された場所に来てみたらこんなことになっていた。

「サイズを測りますよ！　よろしいですか――はい、まずは脱ぐです！」

ティカがてきぱきと指示をして、家妖精達がメジャーを持ってアマリエに迫る。

「ねえ、ティカ。どういうことなの？」

「サウルの町にお出かけすると聞きました！　今の服じゃお出かけできません！」

「そ、そうかしら……？」

アマリエは自分の身体を見下ろす。

今、身に着けているのは家妖精達の服と同じ服だ。つまり、黒い長めのスカートに白いエプロン。いわゆるメイド服である。

たしかにこれは働くための服であって、町に遊びに行くための服ではないのかもしれない。

その他にヴァラデルが用意してくれた衣服もたくさんあるけれど、たぶん、あれで街歩きは無理だ。

孤児院育ちのアマリエからすれば、今着ているメイド服でも立派過ぎるくらいなのだ。新たな服を仕立てる必要もない気がする――というか、仕立てても着る機会ない気がする。

「さあさあさあ、脱いで脱いで！」

「採寸は終わったか？　まだか。早くしろ」

「きゃあああっ！」

ヴァラデルがひょっこりと姿を見せる。ティカに半分服を脱がされかけていたアマリエは盛大な悲鳴を上げた。

以前、下着を見られたことがないとは言わないけれど、それとこれとは別問題だ。

「ま、ま、待ってください！　だめ、出てて！」

我が物顔で部屋に用意された椅子に座ろうとするから、アマリエは悲鳴を上げた。これは、採寸が終わるまでティカ達が離してくれないのは間違いない。

「だめってことはないだろう——俺が測ってやろうか？」

「そ、そそそういうのは、けっこうですぅぅぅぅー！」

たぶん、ヴァラデルの方は悪気はないのだと思う。

（……きっと、私のことなんて、たいして気にしていないのよ）

たぶん、今、気まずい思いをしているのはアマリエだけ。

ひょっとしたら、ヴァラデルにとっては、アマリエが脱いでいようが着ていようがあまり関係ないのかもしれなかった。

「……終わったら、呼べ」

呼べってどうしようというのか。

突っ込みを入れようかと思ったら、ヴァラデルは扉を開いて出ていった。

いきなり部屋の中に姿を見せたかと思ったら、今度はきちんと扉から出ていくのだから律儀なものだ。

「そう言えば、ヴァラデルさんっていきなり現れるわよね……」

抵抗するのは諦め、下着だけになってティカ達に採寸してもらいながらアマリエは口にした。

ヴァラデルは、ひょいひょいと好き勝手に現れる。アマリエがいてもいなくてもおかまいなしだ。

「魔王様は転移の魔法を使ってるですよ。普通は、危険なのでやりません」

「危険って？」

「腕、広げてくださいです――えっとですね、転移魔法は、捻《ね》じ曲がった空間を通り抜けます――と聞いてます。ちゃんと制御しないと、出現した時に、手足がぐちゃぐちゃになることもあるって。手足ですんだらいいですけど」

手足ですまないってどういうことだ。問いかけようとしたら、ティカは、メジャーを持っていない方の手でひょいと首に一本線を引く。

そこまでやられてようやく理解した。転移魔法に失敗すると、命に関わることもあるらしい。

（やっぱり、ヴァラデルさんって魔王なんだわ）

今さらながらにアマリエは理解した。それほどの高度な魔法を使いこなすのだから。

「じゃあ、魔王様を呼ぶですよ」

「ヴァラデルさん、これってどういうことですか」

「何、お前の服を仕立てようというだけだ。お前のおかげで、城の作物は大豊作。診療所の手伝いや俺の部屋の掃除も頼んでしまっているし、何も礼をしないというわけにもいかないだろう」

「でも、お礼って！」

お礼なら、もう十分以上にもらっている。昨日だって、素敵な髪飾りをもらってしまった。その髪飾りは、今、アマリエの髪に飾られている。採寸されている間、身動きする度にキラキラしているのを、鏡に映して楽しんでいた。

「――気にするな。どうせ、この布は俺が買ったものだ。仕立てはティカ達がやってくれるしな」

「でも、そんな」

いいのだろうか、本当に。

ヴァラデルはなんでもないことみたいに言うし、ティカ達も大きく首を振ってそうするように伝えてくる。

「サウルで買ったんですか？」

「ああ。昨日行って買ってきた」

――昨日って！

思わず声を上げそうになったけれど、なんとか飲み込むことに成功した。やはり、ヴァラデルとは感覚が違う。

昨日サウルに行って、これだけたくさんの布を買い求めて来るなんて。

「お前が着てくれなければ、無駄になる。せっかくの布を無駄にすることもないだろう」

無駄にって、本当にアマリエが着なければこの布は誰にも着られることなく、この城で朽ちてしまうんだろうか。それはすごくもったいない。

「ヴァラデルさんのお洋服も、サウルの町で布を買ってきて仕立てるんですか？」

「いや、俺の服はこうやって布を作る――魔力を帯びているからな、普通の人間がこれを着たら大変なことになるが、身を守るのに適している。ちょっとした魔法や剣による攻撃くらいなら弾《はじ》くことができるぞ」

ぱちり、とヴァラデルが指を鳴らすと、ふわりとアマリエの目の前に布が落ちてくる。それは、ヴァラデルが今着ているのと同じような黒い布だった。

「ティカ達が仕立てるのですよ！　家妖精はなんでもできるのです」

えへんとティカが胸を張り、彼女の仲間達も同じように胸を張る。

(魔王に攻撃が通りにくいってそういうことだったのね)

たぶん、他の魔王もそうなんだろう。それならば、セエレに攻撃が通りにくかった理由も納得だ。

「サウルに連れて行ってやると言っただろう。その時に着るといい」

――そう言われて、一応納得はしたけれど。本当に、これでいいのかという思いもまた否定はできなかった。

「採寸は、ちょっと、大変だったかも」

ティカ達が忙しく裁縫にいそしんでいるのをいいことに、アマリエは自室からこっそりと抜け出した。

ヴァラデルは仕事に戻ってしまったし、ティカ達も忙しくしている。裁縫は得意な方ではあるけれど、あれだけの上質な布を縫ったことなんてなかったし、手を貸そうとしたら全力で断られてしまった。

厨房に行ってお湯を沸かして、お茶でもいれよう。それから、裁縫を頑張ってくれている家妖精達に何か差し入れをしよう。

やっぱりクッキーがいいだろうかなんて考えながら歩いていたら、不意に後ろから声をかけられた。

「――見つけたぞ、聖女！」

「きゃあああっ！」

勢いよく突き飛ばされて、アマリエは無様に廊下に転がった。

いくらこの城の廊下には分厚い敷物が敷き詰められているとはいえ、突き飛ばされれば痛い。

慌てて膝をついて立ち上がろうとすると、背後から突き立てられた刃《やいば》が、顔のすぐ横を走り抜ける。床に額を押しつけた姿勢のまま、アマリエはそこで固まってしまった。

「人間が、魔王様にどうやって取り入った？」

「ど、どうって……」

「昨日も、お前のためにわざわざサウルまで出かけたのだろう？　お前が魔王様をたぶらかしたに違いない」

　アマリエの顔は床の方に向いているから、相手の顔を見ることはできない。乱暴に襟首を掴んで立ち上がらされ、どんと壁に押しつけられる。

「――言え。お前、魔王様にどんな魔法をかけた？　魅了か？」

「わ、私……魅了なんて……」

　アマリエを壁に押しつけているのは、人間とほぼ同じ姿をした魔族だった。違いと言えば、肌が緑色をしているくらいだろうか。

　茶色の瞳が、鋭くアマリエをにらみつけている。先ほど床に突き立てられた刃が、今後は首元に押し当てられた。

「――い、痛い……！」

　ぴりっとした痛みが、首元に走る。

「言え、言わないと殺す」

「ヴァラデルさんは、親切にしてくれただけだわ！」

　アマリエを拾って、ここに連れてきてくれただけ。そう説明するけれど、相手は納得してくれないみたいだった。

「――魔王様をたぶらかしただけでは足りないか。お前達には、仲間がたくさん殺されている――お前も、死ね」

　目の前で意味ありげに振り回される刃を見て、アマリエは動転した。

ヴァラデルに大切にされて、すっかり緊張感が抜けてしまったらしい。

今は、厨房に向かうところだったから武器なんて持っているはずもない。回復魔法と支援魔法のうち、攻撃に使えそうなものは聖光魔法くらいだけれど、目の前にいる魔族にそれが通じるかどうか。

「ヴァ——ヴァラデルさん……！」

アマリエが彼の名を呼ぶのと。

「人間が、ここにいるのが間違いなんだ！」

そう叫んだ魔族が、勢いよく吹き飛ばされるのは同時だった。

「アマリエ、無事か！」

「ヴァラデルさん？」

勢いよく吹き飛ばされた魔族は、床の上でぴくりとも動かない。今の一撃で完全にやられてしまったようだ。

「あ、あの……」

「アマリエに手を出すとは太い奴《やつ》だ。おい、今すぐ死ぬか？　それとも——」

片手で軽々と魔族を持ち上げておいてヴァラデルは問いかける。

だが、相手は意識を失っているので、返事のしようもなかった。ヴァラデルが乱暴に揺さぶると、相手はうっすらと目を開く。

「——俺の客人に手を出したな？」

「聖女は俺達の仇《かたき》だ！」

ふぅ、と嘆息した彼は、じろりと魔族をにらみつけた。

「お前、セエレの側近か。たしかに、アマリエは聖女だが、お前達が手を出さなければすんだ話だ。人間界に手を出さない限り、人間からはこちらに攻め込んでこないのだからな」

彼の身体から発散される圧倒的な圧力。格の違いというものを突き付けられる。

相手は声も出ない。アマリエにはあんなにも高圧的に出てきたというのに。

「ここは、俺の城だ。誰を招き、誰を追い出すかは俺が決める。お前は出ていけ――次があれば殺すぞ」

軽く手を振っただけで、ヴァラデルは相手を軽々と投げ飛ばす。窓を突き破り、窓の外に放り出された魔族は、怯《おび》えた様子で逃げていった。

「すまない、遅くなったな」

「あ、あの……どうして、ここに？」

「――前、庭で花に食われかけたことがあっただろう。アマリエに何かあれば、すぐに駆け付けられるようにな。守りの魔法も完璧だぞ」

ちょっと得意そうにヴァラデルは胸を張る。その様子に、アマリエは小さく息をついた。

（やっぱり、私がここにいるのってあまりよくないんじゃ……）

ヴァラデルと他の魔族達の間には、かなり大きな壁があるのではないだろうか。けれど、彼は何も言わず、アマリエを厨房の方に引っ張っていくのだった。

◇◇◇

サウルの町に観劇に行くことになったその日。アマリエは朝からそわそわしていた。

（……これで、いいかしら……？）

ヴァラデルが布を用意してくれて、ティカ達が仕立ててくれた衣類。

はっきりいって、三十着近くを数日で用意するというのはすごいと思う。というか、あの部屋に三十着分の服地があったのか。

最終的に選んだのは、白いレースの襟が可愛らしいピンクのワンピース。ふわっと膨らんだ袖は、二の腕のところから先は手首までぴったりと沿っている。

袖口には、虹色に光る白い貝ボタンがつけられ、その貝ボタンも、赤く小さな花が縁のところにぐるりと一周描かれていて、とても繊細な細工が施されている。

同じボタンが、襟のところから腰のところまで前一列にずらりと並んでいるのも可愛い。

ふわっと膨らんだスカートは、三段のフリルになっていて、そのフリルにもたっぷりとレースが使われていた。

合わせる踵の高いパンプスも、銀色の飾りがついた可愛らしいものだ。こんな靴、自分が履くことになるなんて考えたこともなかった。

髪はどうしようか考えた末、上半分だけ編み込みを作って後頭部でまとめ、ヴァラデルからもらった髪飾りをつけることにする。残りは肩から背中にかけてふわふわと流した。

(だ、大丈夫よね……?)

ヴァラデルと並んだら、見劣りしそうな気がする。

鏡の前でうんうんと唸ってみたけれど、今すぐ絶世の美女になれるはずもないのでおとなしく諦めた。

「ティカ、私おかしくないわよね……?　あなた達が仕立ててくれたドレス、とっても素敵だもの!」

「可愛いです!　完璧です!」

たぶん、ティカは誉めてくれるだろうなとは思っていたけれど、そう言われてちょっとだけ安心した。

「このバッグも持って行ってください!　中身もちゃんと用意してあります!」

ワンピースと同じ布で作られたハンドバッグ。持ち手は、金色のチェーンで、本体より少し色の濃いリボンの飾りがついている。中を開いてみたら、ハンカチと化粧直しの道具と財布が入っていた。

「ありがとう。行ってくるわ!」

玄関ホールで待っていたヴァラデルはアマリエを見て目を細めた。

「ヴァラデルさん……お待たせしました……」

階段を一番下まで降りたところで、もじもじしてしまう。

玄関ホールは広い。そして玄関ホールの壁にはたくさんの扉がつけられていた。鍵がかけられているから、アマリエはこの扉を開いたことはないけれど。

玄関の扉の上は、ステンドグラスになっていて、そこから色ガラスを通り抜けた光が柔らかく降り注いでいる。

「――すごく可愛いぞ！　俺の見立ては完璧だな！」

アマリエの姿を見たヴァラデルは一気に機嫌がよくなった。

今日の彼は、茶の上着に白いシャツ、黒いズボンという格好だ。いつも黒一色の服を身に着けているので、それ以外の色を身に着けた彼を見るのは初めてだ。

ステンドグラスを通した光の中で、彼の姿は一瞬神々しくさえ見えてどきりとしてしまう。

やっぱり、カッコいい――というのも今さらなのかもしれない。

ボックス席を取っているらしいが、昼間の観劇だし、街中の散策もしたいので、完全な盛装というわけでもない。

だけど、こうやっておしゃれするなんていうのも初めての経験だったから、そわそわうきうきと落ち着かない。

「ホントですか？　嬉しい」

今、部屋を出てくるまで絶世の美女になれたらいいなんて考えていたこともすぐに頭から消し飛んだ。

（……でも）

正確にここがどこなのかということはわからないけれど、ここからサウルの町まではけっこうな距離があると思う。

馬車もなさそうだし、どうやってサウルの町まで行くんだろう？

「よし、行くか」

「玄関の扉はあちらですよ？」

けれど、ヴァラデルは城の玄関には向かわなかった。アマリエと待ち合わせをしていたホールの端にある扉へと足を向けた。

「ああ。ここから、サウルの町まで行ける――ついてこい」

「……え？」

その扉は、ヴァラデルが手をかけるとすっと開く。開かれた扉の向こう側には、居心地のよさそうな部屋があった。

言われるがままに、ヴァラデルに招かれて室内に足を踏み入れる。そこは、もう一つの居間といった趣だった。

日当たりのよい窓辺に向かい合うようにしておかれている椅子が二脚と小さなテーブル。茶色の絨毯もベージュのカーテンも上質なものだ。

（……あれ？）

ベージュのカーテンを見て、その向こう側にある景色を見て首をかしげる。窓の向こうにあるのは、今までアマリエの見たことのない景色だった。

「嘘っ！　どうして？」

今までヴァラデルの城にいたはずだ。

城の玄関ホールから見えるのは、庭園の景色。

それなのに、この部屋の窓の向こう側に広がっているのは、赤や茶色の小さな屋根。庭園のものではない。

慌てて入ってきた扉の方に戻り、その向こう側にあるのが玄関ホールであるのを確認する。

「どういうこと……？」

アマリエがつぶやくと、ヴァラデルはアマリエを窓の方に押しやった。

「ほら、ここがサウルの町だ」

「──転移魔法……？」

転移魔法は、基本的にはあまり長距離を移動することはできない。一瞬にして移動できると聞いているけれど。

ヴァラデルの使う転移魔法がこういうものだとは思ってもいなかった。アマリエは目を瞬かせ、それからまた玄関ホールの方へと戻る。

室内を行ったり来たりしているアマリエの様子がおかしかったらしい。ヴァラデルは軽やかな笑い声を上げた。

「いや、俺が使っているのは空間魔法だな。玄関ホールにもうけた扉と、この部屋の扉が繋《つな》がっている。そんなにうろうろしなくてもいいだろう」

「うろうろって！　そんなこと言われても！　だって、これってものすごいことですよ？」

玄関ホールに続く扉を開いたり閉じたりしているアマリエは大興奮だ。

空間魔法がどういうものなのか、実感はない。けれど、一瞬にして、サウルの街に来ることができた。

やっぱり、魔王の力というのはものすごいらしい。

「扉をばたばたやるのはこのくらいでいいだろう。劇場はこのすぐ側だ。その前に市場を見学に行くか？」

「行く！　行きます！」

この町は、東西南北の交易の中継点だ。

そして、魔族の世界にも通じているが、ヴァラデルが空間魔法で繋いでしまっているから、他の人達が知っている以上に魔界との接点は大きいのかもしれなかった。

「その前に、一つ言っておかねばならないことがある」

彼が真面目な顔になったので、アマリエも居住まいを正した。

「お前の身体はだいぶ回復してきたが、まだ本調子ではない。俺の側を離れるな。身体に負担がかかって、最悪倒れることになるぞ」

「わかりました……大丈夫だと思うんですけど。最近、調子がいいし」

「城は俺の魔力が満ちた場所だからな。だから、俺の側にいなくても問題ない」

ヴァラデルが、城の敷地から一人で出るなと言っていたのはそういう理由だったのを言われて思い出した。彼の城にいる限りは、心配しなくてよかったけれど。

入ってきたのとは違う扉に、彼はアマリエを引っ張っていく。彼が扉から出てくると、向こう側から歩いてきた人が恭しく頭を下げた。

「出かける――あとのことは頼むぞ」

「かしこまりました、旦那様」

頭を下げた彼は、ヴァラデルと一緒にいるアマリエのことは気にしていない様子だ。

廊下を歩き、階段を降りたところでアマリエはヴァラデルに問いかけた。

「あの人は？」

「あれは、俺が雇っている使用人だ。サウルは魔界との接点に近いからな。俺が魔族と知っても、給料さえきちんと払えば雇われたがる者はいる――さすがに『魔王』とまでは思ってないだろうが」

人の悪そうな顔をして、彼はくくっと笑う。

（……ここでは、人と魔族が……ある程度共存してるってことなのね）

聖女として各地を転戦していた頃、アマリエにとって魔族や魔物は退治すべきものであった。ヴァラデルの城で生活するようになって、あの頃の自分がどれだけ視野が狭かったのかを突き付けられているところである。

「この屋敷は、市場から一本通りを入ったところにあるんだ。静かでありながら、市場にも出やすい。劇場までも歩いていけるぞ」

そんな説明を受けながら、雑踏の中に足を踏み出す。

たくさんの人が行き来していて、一瞬にして目を回しそうになってしまった。

「ヴァラデルさん！　ヴァラデルさん！　あの店にぶら下がっているのはなんですか？」

「ああ、あれは魚の塩漬けだな」

「嘘！　だって、あんなに大きな魚見たことないですよ？」

市場にずらりと並んだ小さな商店。一軒一軒の店の間口はさほど広くない。その店の軒先にぶらぶらとぶら下がっているのは、アマリエが見たことないほど大きな魚だった。

小柄な女性の身長と同じくらいの長さがありそうだ。

「そうだな。あれは海で獲《と》れる魚だからな――あの干物は、海の向こうのスラードという国で作られるんだ。塩漬けにした魚を干して長期保存が可能にしてある」

「じゃあじゃあ、あの赤い布は？」

今度は、別の店の前に積まれている鮮やかな赤の布をさす。こんなに鮮やかになるまで赤い色を上手に染めることができるなんて。

「あれは、この大陸の東、シルディア王国から入ってきた品だろう。シルディア特産の木の実で染めるとああいう赤が出る」

「――ヴァラデルさん、すごく物知りなんですね！」

勇者パーティーと一緒に、二年の間世界を回ってきたとはいえ、アマリエの世界はあまりにも狭かった。

今まで、ろくな教育を受けることもできなかった。教わったのは基本の読み書きとお金の計算くらい。だから、こうやっていろいろなことを教えてくれるヴァラデルが、アマリエの目にはとても眩《まぶ》しく映る。

「そうか？　まあ、お前よりだいぶ長く生きてるからな！　知ってることも、経験したこともその分多いだろう」

口ではそんなことを言っていたけれど、ヴァラデルの口元がほんの少し緩む。アマリエの言葉を喜んでくれたんだろうか。

（……それなら、嬉しいけれど……）

人込みではぐれてしまわないようにと言う配慮なのか、ヴァラデルはアマリエと手を繋いだまま。彼と手を繋ぐのもいつの間にか当たり前になっていた。

こうやって、少しずつ変わっていくのかもしれない――アマリエも、その周囲も。

「ほら、ここはアクセサリーを売っているぞ。買ってやろうか？」

「自分で、買います！　お小遣い持ってきたので！」

見捨てられた時、財布までは奪われなかったから、アマリエの財布にはそれなりの金額が入っていた。

「おいおい、こういう時は男が払うものだろ？」

「悪いですよー、自分で買いますって！」

店主の前で押し問答。

その二人の様子を見ていた店主が笑う。

「仲がいいのはけっこうなことだけれど、こういう時は男に恥をかかせるものじゃないよ、お嬢さん。恋人に腕輪の一つも買ってやれないようじゃとんだ甲斐性《かいしょう》なしだろ？」

「わ、私は、そんなつもりじゃ……」

ヴァラデルに恥をかかせるつもりはなかったので、目にじんわりと涙が浮かぶ。

やっぱり、自分はだめなのだ。

申し訳ないことをしてしまったと唇を引き結ぶ。そうしなかったら、泣いてしまいそうだったから。

「こら、店主。余計なことを言うな！　アマリエは、俺のことをいつも考えてくれるいい女なんだぞ」

「な——なんて、ことを！」

あまりなことを言うから、真っ赤になってしまった。

本当に、この人はどうしてこうも簡単にアマリエの心を揺さぶってしまうのだろう。

「——ヴァラデルさん、あのお花屋さんを見てもいいですか？」

「いいぞ。城の庭園にあるのとはまた違う花があるだろうからな」

ヴァラデルの城に咲いている花は、アマリエの知っているものとは違うものも多い。

美しいし、香りもよいのだけれど——いつぞや、アマリエが食われかけた肉食植物なんかもあるので油断はできない。

「……あら？　この、ポスターは？」

「ああ、勇者パーティーの一行が、この街に凱旋《がいせん》に来るんだよ」

花屋の店先に立ったアマリエの目に留まったのは、花屋の壁に張られていたポスターだった。

勇者パーティー。

それは、かつてアマリエが所属していたパーティーでもあったけれど。ポスターを見て、アマリエは目を疑った。

「……どういうこと？」

勇者ウィルフレッド、戦士エミル、魔法使いフィーナ――そして、聖女ラウレッタ。

一人、アマリエの知らない人物が交ざっている。そんなアマリエの葛藤に気づいているのかいないのか、店主はにこにことして話しかけてきた。

「ああ、ラウレッタ王女殿下が聖女としてパーティーに加わっていたなんて、驚いただろう。ずっとフードをかぶってお過ごしだったしな」

「……フード」

そのとたん、アマリエは気がついた。たしかに、アマリエは常に深くフードをかぶっているよう求められていた。

（……どうして？）

だからって、アマリエがいなくなった後、王女を聖女として同行させるなんて――。

混乱しているアマリエに、店主はなおも話しかけてきた。

「それで、この町に凱旋に来たというわけさ。ラウレッタ王女はとても美しい方だよ。勇者様と結婚なさるそうだ」

「――そんな」

いや、祝福すべきことなのかもしれない。

ウィルフレッドは、アマリエとは別の孤児院で育った青年だ。

勇者として手柄を立て、王女と結婚して取り立てられた――それが事実なら、仲間の出世を喜ぶことだってできる。

だけど、アマリエの存在を抹消する必要まではなかったのではないだろうか。

（……いえ、私が死んだと思っているのだから、しかたないのかも……？）

あの時、セエレとの死闘でアマリエは死んだと思われたのだろう。だから、仲間達はアマリエの『遺体』を放置して立ち去った。

（そうよね、聖女がいないと心配されてしまうものね）

きっと、常にフードをかぶらされていた裏には、アマリエが運悪く命を落とした時のことも想定されていたのだろう。

勇者パーティーの中で、アマリエ一人が戦闘には長《た》けていなかったから。

「皆に、会いに行かなくちゃ……」

別に、聖女としての名誉が欲しい、凱旋パレードに加わりたいというわけでもない。

ただ、生きていると知ってくれればそれで十分だった。

今、勇者達は街に来ているという。仲間達に、自分の生存だけは知らせておこう。

きっと、喜んでくれるだろう。

「ヴァラデルさん、私――ウィルフレッド達と話をしてきますね！　生きているって知らせておかないと！」

「おい、こら、待て！」

ヴァラデルの制止も聞かず、アマリエは勢いよく走り始める。

彼らがここに来ているのなら、生きていることだけでも知らせておかなければ。

それから、ウィルフレッドに結婚おめでとうと伝えて、お祝いは何がいいか聞こう。お祝いを贈るくらいなら、ヴァラデルにもう一度サウルに連れてきてもらって、ここから荷馬車を頼めばいい。

「探索魔法《サーチ》――身体強化魔法《ストレングスアップ》――」

走りながら、口の中で呪文を詠唱して魔法を使う。

支援魔法を使うのは久しぶりのことだ。

探索魔法は願った相手の居場所を知る魔術。探索範囲は小さな町一つ程度。

それに、アマリエと血の交換――アマリエの指先に血を一滴垂らす――を行った者しか捜すことができないので、あまり使う機会もない。

魔界にいる間、はぐれてしまった仲間を捜す時には重宝したけれど。

それから身体強化魔法を使って足の力を強化。敏捷《びんしょう》性上昇魔法を使って、素早さをアップ。

早く仲間達のところに行くことができるように。

（……いた）

どうやら、彼らは今アマリエがいる場所から、北に行ったところにいるらしい。

アマリエが生きていると知ったら、喜んでくれる。再会の握手をして、それからヴァラデルのところに戻ればいい。

再会の喜びを胸に思い描いて、アマリエは足を速めた。行きかう人達が、全力疾走するアマリエに驚愕《きょうがく》した目を向けているのにも気がつかずに。

アマリエは彼らを目でとらえたけれど、仲間達はアマリエの存在に気づいていないようだ。馬車の側に立ち、四人で何か話している。

アマリエのよく知っている三人に加え、知らない女性が一人いる。きっと彼女が、王女ラウレッタだ。

（……綺麗な人）

王女というだけあって、彼女はとても美しかった。

神秘的な銀色の髪はまっすぐで、白いドレスの上にさらさらと流れ落ちている。彼女が身に着けている白いドレスは、最上級のシルクで仕立てられたもののようだった。ドレスの襟元、袖口、裾には金糸で豪奢《ごうしゃ》な刺繍が施されている。

髪の銀と刺繍の金。それが彼女をより神秘的に見せていた。

たしかに、黙っていれば聖女と言われて信じそうな神々しさがある。ウィルフレッドと並んでいるところを見てもお似合いだ。

（……びっくりさせちゃおう）

アマリエはさらに自分に魔法をかけた。

隠密《おんみつ》魔法だ――これをかけると、他の人の目には留まらなくなる。

これで、彼らのすぐそばまで行って「わっ！」と驚かせたら、どれだけびっくりするだろう。

彼らのびっくりした顔を想像すると、楽しくなってくる。するすると足音を潜めてアマリエは側に近づいた。

あと――もう少し。その時、口を開いたのは聖女として彼らに合流した王女のラウレッタだった。

「……私、先に馬車に乗っているわね」

「――どうぞ」

彼女を見るウィルフレッドの目は、とても優しい。彼女を宝物としてあがめているみたいに。

彼女が馬車に乗り込むのを待って、アマリエが話しかけようとしたら、今度はエミルが口を開いた。

「まー、なんとか王女殿下をここに連れてこられてよかったよ。彼女を『聖女』として、祭らせようってのが王家の計画だろ？」

「私達が戦っている間、王家の別荘に身を潜めていたくせに、ちゃっかりパレードには参加するのね。まあ、私は思う存分魔術の研究ができる環境を用意してもらえたから、ありがたいけれど」

「それを言うなら、アマリエが生きていなくてよかった、だろ？」

エミルの言葉に、アマリエはそこで硬直した。生きていなくてよかった、とはどういう意味だ？

仲間達に喜んで声をかけようとしていたはずが、その場に凍り付いてしまう。

「まあな――さすがに人間を手にかけるのは気が引けたかもな」

くっと嘲笑《あざわら》うように喉の奥で笑ったのはウィルフレッド。彼のそんな顔、アマリエは見たことがなかった。

「魔王を倒したら殺せと命じられた時にはどうしようかと思ったが――王女殿下を聖女としたいのならば、それもしかたのないところだろう」

「まあ、いいんじゃないか？　旅の間は役に立ってくれたしな。雑用は全部任せられた」

「私も、料理しなくてすんだのはありがたかったたし、ウィルフレッドもエミルも料理はできないでしょう？」

どういうことだ、どういうことだ――。

アマリエの耳を彼らの言葉が素通りしていく。

同じ目的を果たすための仲間だと思っていた。

たしかに、アマリエは支援魔法と回復魔法しか使うことができない。

彼らほどの強者《つわもの》ともなれば、支援魔法はともかく回復魔法はほとんど出番がなかった。戦闘開始以前に、彼らに支援魔法をかけておけば——それで、アマリエの役目は終わり。

あとは、自分が戦いに巻き込まれないよう慎重に敵との位置を測るだけ。

(……だけど)

「……まあ、セエレとの戦いで死んでくれてちょうどよかったということだ。これでラウレッタを堂々と俺の妻にすることができる」

「俺も、爵位をもらえるしな」

「私も魔術研究所で思う存分研究させてもらえることになったわ。これで家族を見返すことができるってわけ」

互いに笑みを向け合う男二人。それに、フィーナが同調する。

(私は、騙《だま》されていたということ……?)

彼らは、アマリエのことをなんだと思っていたのだろう。一度も仲間だとは思ってくれていなかったのだろうか。

料理も水くみも雑用も——仲間のためだと思えばつらくなかった。

魔王を倒して、この世界に平和を取り戻して、それから『仲間達』と一緒に『家族』のところに帰る。

それだけがアマリエの願いだったのに。

「よし、このまま凱旋パレードに向かうぞ」

そう宣言したウィルフレッドを先頭に、三人とも馬車に乗り込んでしまう。身を隠したままのアマリエが彼らの話を聞いてしまったことなど、まったく気づきもせずに。

「勇者様ー！」

「聖女様ー！」

馬車が動き出すのを、アマリエは呆然と見送っていた。

自分は——最初から、必要とされていなかった。いや、捨て駒としてだけ必要とされていた。

遺体を埋める間もなく、魔族の生息地を去らねばならなかったのだと思っていたのに、彼らはアマリエが死んだと思ったのをいいことに、魔族の住処に死体を転がしていったということか。

（……私、生きていない方がよかったの？）

彼らを乗せた馬車が動き始めても、アマリエはその場から立ち去ることができなかった。大きく目を見開いたまま、ただ、遠ざかっていく馬車を見送るだけ。周囲の喧騒《けんそう》も耳には入らない。

「アマリエ！　こんなところで何をしている！」

不意に、大きな手がアマリエの肩を摑んだ。そのままぐっと引き寄せられたかと思ったら、すぐそこを荷馬車が通り過ぎていく。

「——こら！　気をつけろ」

「ご、ごめんなさ……」

馬車の方に向かって詫《わ》びたけれど、その時にはもう馬車は遠くに行ってしまっている。

「どうした？　顔色が悪いぞ――って、お前、俺から離れただけじゃなく、魔法を使ったな！」

「あ、あの、これは……」

こちらを見るヴァラデルの目が怖い。今、聞いてしまった事実と共に、アマリエは打ちのめされた。

いや、打ちのめされただけじゃない。身体が、重い。

「……ごめん……な……」

詫びの言葉を最後まで口にできず、アマリエはその場に崩れ落ちた。

第四章　そして聖女は魔王のものに

今まで感じたことのない力強い感覚が、身体に流れ込んでくる。沈んでいた意識が、その感覚によって押し上げられる。

何度か瞬きをくり返してから目を開くと、見慣れた光景が目に飛び込んできた。

幾重にも薄い布を張り巡らせた天蓋。身体を柔らかく包み込むスライムベッド。いつの間にか着替えさせられたみたいで、ティカお手製のフリルとレースたっぷりの寝間着を身に着けている。

「俺から離れるなと言っただろう」

「す、すみません……」

ベッドの側に座ったヴァラデルは、アマリエの手を包み込んでいた。スライムから送り込まれてくる柔らかな魔力に、彼の力強い魔力が重なって、アマリエの身体の中を駆け巡っている。

「私、倒れたんですね……」

「俺から離れたせいだ。二度とやるな」

「……はい」

彼の大きな手に右手が包み込まれているのが気持ちいい。ベッドに横になったまま、視線を左右に巡らせる。

アマリエにとって、自分の居場所というのは今まで存在しなかったからかもしれないけれど、いつの間にか、この部屋に戻るとほっとするようになってしまった。

十五まで育った孤児院では、三人で一室を使っていた。自分の生活空間、一人になれる場所といえばベッドの周囲だけ。

聖女として認められた後は、王宮で生活するようになったけれど、そこもまた仮の場所。

今思えば、逃亡を心配していたのだろうけれど、常に見張りが側にいて落ち着かなかった。

こんなにも、この場所になじむなんて考えたこともなかった。

(最初から、あの人達は私のことを仲間なんて考えていなかった)

「で、どうした。何があったのだ?」

ヴァラデルに問われて、しぶしぶ口を開いた。

彼らは、アマリエの生存さえ気づいていないだろう。隠れて彼らに近づいたのがよかったのか、悪かったのか。

「私、生きてちゃだめだったみたいです……最初から魔王を倒したら死ぬことになってたみたいなんです。私の存在をなかったことにして――ラウレッタ様を聖女にするって」

問われるままに、ぽつぽつと話す。

どうやら、アマリエが『聖女』として選ばれたのは、魔王を倒した後はラウレッタ王女と入れ替えるためであったこと。

そのため、魔王を倒したらその場で殺される予定だったらしいこと。

他の三人は全員王家とグルで、アマリエがいなくなった後は――褒美がもらえたらしいこと。

王女を願ったウィフレッドには、王女との結婚。

貴族の次男であるエミルには、新たに爵位が与えられること。

魔法の研究がしたいフィーナは、王立魔法研究所の職員になって、思う存分研究ができること――。

「たぶん、皆にとってはそれこそ喉から手が出るほど欲しいご褒美だったと思うんです」

両親の顔も知らないウィルフレッドが、王女を娶《めと》り、王家の一員となる――彼の上昇志向の強さは二年旅をしている間にアマリエも知っていた。

貴族でありながら、次男で爵位を継げないエミルは、王家の騎士となり、新たな家をたてることを望んでいることも。

家族に馬鹿にされていたフィーナは、王立魔法研究所の職員となって家族を見返したいことも。

魔王を倒したら、皆の願いがかなうといいと思っていた。

「エスフェルク王国は、最近王家の威信が低下しているからな。このあたりで国民の信頼を得たかったのだろう。悪政を続けるからだ」

「王家の威信を回復するためには、私一人くらい……どうなってもいいって思ったんでしょうね」

「それは道理が通らないだろう」

ヴァラデルの声音に、怒りの色が混ざっているのをアマリエは理解した。

彼は懸命に抑えようとしてくれていたけれど、いつもは黒い彼の瞳が金色に染まっている。

抑えきれない怒りが、そこに集中しているみたいだった。

「……私、仲間だと思ってたんです。皆、生まれたところも育ちも違っていたけれど、でも」

魔王を倒すと言っていたのに。

その先にある未来を思い描いていたのに。

なのに、物事はアマリエの想像とはまるで違う方向に走り始めている。

「私……これからどうしたらいいんでしょう？」

その言葉は、ヴァラデルに問いかけたものではなかった。

アマリエの口からぽろっと零れた本音。

自分が、いらない存在であると突き付けられた今、人間界に戻ることはできない。

「――それなら、ずっとここにいればいいだろう」

「ここに、ですか？」

たしかに、この城は、目覚めてからのわずかな期間にアマリエにとって身近な場所になっていた。今日目覚めた時、この城に『帰った』と思ったのを覚えている。

「……でも」

（本当に、私はここにいても……いいの？）

この城で暮らしている人間は、アマリエ一人。つい先日、魔王の側に聖女は不要と殺されかけたばかりだ。

ここにいてもいい理由なんて、ないはずだ。

今だって、体調が完全に回復するまでとヴァラデルの厚意で置いてもらっているのに。

「ここにいるのに、理由が必要か？」

この人は、どうしてこんなにもアマリエの心を読んでしまうんだろう。これも魔王の力なんだろうか。

「そんな顔をするな——お前の心を読んだわけじゃない。お前は素直だからな、考えていることがすぐに顔に出る」

思わず両手で頬を押さえる。そうしたら、彼はますます笑った。

「役に立つ、ということばかり考えるなよ？　俺は、お前が俺の側にいてくれればそれでいいんだ。俺のものになれ——アマリエ」

「……え？」

不意に彼がこちらに身をかがめてくる。

あまりにも自然な動きだったので、アマリエの方も対処することができなかった。

軽く、唇が触れ合わされて、離されて、それから、今度はもう一度しっかりと重ねられる。

「なっ——」

アマリエの言葉はそこで途切れてしまった。

ヴァラデルの唇は、柔らかくて、温かかった。彼と触れ合っているその場所から、彼の気持ちが流れ込んでくるみたいで。

背中に腕が回されて、壊れ物を抱えるみたいに彼の腕の中に抱き込まれた。

「んぅ……はっ、あのっ」

背中に強く回された腕。

アマリエと彼の間の距離をなくそうとしているように、強く、強く、抱きしめられている。

「……こうするものではないのか？」

けれど、アマリエが真っ赤になって彼の顔を見上げても、彼は平然としていた。

こうするものって、どういうことだろう。

「人の世界では、親愛の情を示すために口と口を触れ合わせるのだと聞いている。違うのか？」

「そ……そうですね。口を触れ合わせるのは、単なる親愛の情とはちょっと違うかもしれないです」

こんなにも彼にドキドキしているのに、彼の方は違うんだろうか。親愛の情と男女の恋はまったく別ものな気がしてならない。

「親愛の情は頬とか、額とか――手、でしょうか。そこに唇を触れさせるんだと思います。それから、ここは」

唇に自分の手で触れて、そっとアマリエは頬を赤らめた。

ヴァラデルとアマリエの抱えている気持ちはまったく違うものだろうに、こんなに赤くなってしまうのがもどかしい。

「あのですね、ここにキスするのは単なる親愛の情より深い感情――恋とか愛とか、です」

「そうか！」

きっと、彼はアマリエにキスしたことを後悔するだろうにと思ったのに、彼の反応はアマリエの想像とはまるで違っていた。

「そうか、愛とか恋なら、ここにキスするのは正解だな！」

「ちょっ、ヴァラデルさんっ！　――ひゃあっ！」

背骨が折れるんじゃないかと思うくらいの勢いで引き寄せられた。それからヴァラデルはなおもアマリエに口づける。

何度も、何度も唇が触れ合わされた。

触れて、離れて、それから頬に移動して、また唇に戻る。

また、触れて、離れて今度は額に。あまりにもあちこち口づけられるものだから、頭がぼーっとしてきてしまった。

「あの……どうして……」

ヴァラデルが、アマリエにこんなにキスする理由がわからない。

こんな風にキスされると、アマリエの気持ちだけ暴走してしまいそうで。

眉尻を下げていたら、名残惜しげにもう一度キスしたヴァラデルは最後に鼻先にキスを落としてきた。

「愛《いと》おしいと思ったら、人間は口をつけるものなのだろう？　俺はお前を愛おしいと思うのだから、口をつけるのは間違いじゃない。俺のものになるのだろう？」

「――あの」

彼の言いたいことはわかる。

わかるけれど、なんとなく違う気もする。

俺のものにってどういうことだ。彼の側にいてもいいいんだろうか。

「俺はまだ、お前の返事を聞いていない。俺のものになるのか、ならないのか？」

問われて、考え込む。自分はどうしたいんだろう？

「……私、ここにいたい……あなたのもの――に……」

そう口にした瞬間、胸がちりっとした。

ヴァラデルのものになりたい――だけど、彼がアマリエに抱いているのはどんな感情なのかまだ見えない。

愛おしいと彼は言うけれど、魔族と人間では、根本的に恋とか愛とかの感性が違う気もする。

「……あっ！」

今度は頬、額、あちこちに唇が落とされる。そうされる度に、アマリエの胸の奥がざわざわとざわめいて――。

柔らかな彼のキス。アマリエが大切なのだと伝えてくるような、そんなキス。

（私は、どうしたいの……？）

難しいことなんて、必要ないのではないだろうか。今、アマリエが望むのは――。

すがるものを求めた腕が、彼の衣服をぎゅっと摑む。

「――人の営みというものはよくわからんが、たぶんなんとかなる」

「たぶんって！　なんとかって！」

今、ものすごく恐ろしい言葉を聞いたような気がした。

人の営みはわからないと言わなかっただろうか。

「だ、だだだ、大丈夫……でしょうか……？」

たぶん、彼が何をしようとしているのか頭では理解している。けれど、それでいいのかと問いかけてくる声もまたするのだ。

――だって、彼とは結婚していないわけで。

そんなことを考えたところで、今のこの状況が何か変わるわけでもないのに。というか、そもそも人間と魔族で結婚できるものなのかどうかもわからない。

「お前は、俺をおかしくさせる。最初に見た時からそうだった」

「え――そ、それは、大変、申し訳なく……」

ベッドにアマリエを組み敷いて、ヴァラデルが上から見下ろしてくる。真摯にこちらを見つめている彼の瞳に搦《から》め捕られたような気がした。

逃げたい、でも、逃げられない。

逃げたらきっと、捕まった上に、丸ごと食べられてしまう。そんな恐怖と、その奥から湧きおこってくる説明のつかない悦《よろこ》び。

「違う。人間を拾って帰ろうと思ったのは初めてだと言ったんだ。行き倒れている人間なんて、珍しいものでもないのにな」

愛おしげに彼の手がアマリエの頬を滑る。

先ほど、金色に染まったのとはまるで違う優しい瞳。

夜空をそのまま映したみたいに黒い、その瞳を見つめていたら、胸の奥から説明するのが難しい気持ちが込み上げてくる。

「ヴァラデル……さん……私、あなたを──」

彼の首に両腕を回して、自分の近くに引き寄せようとする。

(本当に、いいの？　間違ったことをしているんじゃないの？)

頭の後ろの方から押し寄せてくる声。その声からは、全力で耳を塞ぐ。

たぶん、愛人として求められているのだと思った。

魔族に結婚という概念があるかどうかも知らない。昔からの伝承では、魔王妃という立場にあった魔族の存在も伝えられているから、きっと正妻と愛人の違いはあるのだと思う。

(──そんな関係でも、いいの)

もうしばらくの間彼の側にいることができるのなら、それでいい。

だって、彼はアマリエを欲しいと言ってくれた。

「もう少し、側に来てください。あなたの、側にいたいの」

告げることができたのは、これが精いっぱい。だけど、彼は嬉しそうに目を細めて、今まで見下ろしていたアマリエを強く抱きしめる。

「――アマリエは、柔らかくていい匂いがするな。うまそうだ」

「た、食べないでくださいぃぃ……」

食べられるのは困る。思わず身を縮めたけれど、彼はそんなこと気にしていないみたいだった。

「いやだ」

「きゃああっ！」

かぷり、と耳を噛《か》まれる。それは痛みを与えるような噛み方ではなかったけれど、そこからじわっと何かが広がって、思わず声が上がった。

「んっ……ふっ……あっあっ」

アマリエの反応が面白かったらしくて、彼は何度もそこに歯を立ててくる。そうしておいて、今度は手がアマリエの身体を這《は》いまわり始めた。

「ひぁ……んっ、くっ……な、何、を……」

「何をとは愚問だな。人の営みはこうするものなのだろう？」

「ひぁぁっ、知りませ――あんっ！」

大きな手が、ゆっくりとアマリエの胸を揺さぶってくる。

そうしている間も、耳朶《じだ》に軽く歯を立てられ、舌で耳殻をなぞられ、耳裏まで舐《な》められて、その度にじんわりとした感覚が広がっていく。

「ん――はっ……あう……」

首を振って逃れようとしても、彼は逃がしてくれなかった。片方の手がより強くアマリエを引き寄せたかと思ったら、再び唇を重ねられる。

ぬるりと彼の舌が入り込んできて、逃げ出そうとしたアマリエの舌を絡め取った。巧みな舌の動きに翻弄されて、簡単に息が上がってしまう。

「どうして……」

「お前が愛おしいからだ――人の言葉では愛おしいと言うんだろう？」

愛おしい？　そう思ってくれているんだろうか。本当に――。

彼自身が今口にしたみたいに、彼の言う『愛おしい』が、人間の基準とは少し違うかもしれないとも思う。

けれど、彼に愛されるのならそれはそれできっと幸せだ。どこにも居場所のないアマリエを受け入れてくれるというのだからなおさら。

「そこ、触っちゃ、だめ……」

そうささやく声も、自分のものではないみたいだ。甘く甘く響いて、今言葉は心とは裏腹なのだと如実に告げている。

「触ってほしいの間違いだろう」

「んぁあっ！」

くりっと布越しに胸の頂を捻られて、鈍い痛みが広がる。痛いけれど、そこに悦びもまざっている。

優しく肌に口づける唇の感触。濡《ぬ》れた舌が這うのも気持ちいい。

こういう風に他人と触れ合ったことなんてなかったから、あっという間に快感に翻弄された。

「……あっ、見ないで……」

下着が露《あらわ》になって、そこから胸の谷間まで見えてしまう。

「や、やっぱり……」

やっぱり、見られるのは恥ずかしい。寝間着の前をかき合わせようとしたら、その手をシーツに落とされる。縫い付けるみたいに両手を押さえつけられて、アマリエは言葉を失った。

小刻みに身体が震えるのはなんでだろう。羞恥に耐えきれず、伏せた睫毛《まつげ》がかすかに震える。

「何を恥じることがある——お前は、美しい」

アマリエの首が左右に揺れた。美しいなんて、そんなことあるはずない。ヴァラデルは何を考えているんだろう。

「あぁっ！」

前を開かれた寝間着からのぞく素肌。ちゅっと音を立てて鎖骨にキスされて、かすかなざわめきが手足の先まで広がっていく。

寝間着だけではなく、その下に着ていたシュミーズも一緒に袖が引き抜かれた。それから腰のあたりまで一気に押し下げられて、上半身が彼の目の前にさらされる。

——恥ずかしい。

今の状況を考えたら、それ以外の言葉が出てこない。

「ヴァラデル……さん……」

小さな声で、アマリエは彼の名を呼ぶ。彼はアマリエの両手を押さえつけてしまったから、身体を隠すことはできない。

せめても上半身を揺らすと、その動きに合わせて乳房が揺れる。

「あっ、あぁっ……そこ、キスしないで……」

「嫌だ。俺がしたいところに口づける」

「あぁっ！」

揺れる乳房の頂で、つつましやかに存在を主張している蕾《つぼみ》。そこに彼は吸い付いてきた。

その場所に、彼の舌が触れた。

とたん、走り抜けた甘美な感覚。それは、アマリエが今まで知らなかった感覚だった。

「やっ……そこ、そこ、舐めちゃ、だめっ！」

拒むけれど、彼は気にした様子も見せない。

今まで両手で押さえつけられていたアマリエの手が、頭の上で一本にまとめられる。自由になった方の手で、彼は唇で愛撫《あいぶ》していない方の乳房に触れてきた。

手を大きく広げて、ヴァラデルは左の乳房全体を愛撫する。

指の根元、人差し指と中指の間に頂が挟み込まれて、乳房全体を愛撫しながら、感じる場所にも集中的に愛撫を加えてくる。

そうしながら、反対の乳房は、先端の色がついた場所を舌で弾かれ、左右に転がされ、舌全体で押し込めるようにされて、左右から送り込まれてくる違った感覚がアマリエを悩ませる。

刺激される度に両胸から甘い痺れが走り抜けて、くねらせるつもりはないのに身体をくねらせてしまう。

「んぁぁっ……や、だぁっ……！」

ヴァラデルのものになりたいと思う反面、過ぎた快感は怖い。

淫らな色を秘めながらも言葉では抵抗したら、彼は乳房をいじっていた方の手をアマリエの口に押し当ててきた。

「嫌とは言わせないぞ、アマリエ」

彼の瞳の奥ににじむ感情。その真意を読み取ることはできないのに、なぜか背中がほの暗い愉悦の期待にぞくぞくする。

「ふっ……あっ、あぁ……」

指先で唇をなぞられると、またじわりとした感覚が唇を痺れさせる。

唇を這っていた指が、合わせ目から中に入り込んできた。そして、我が物顔に口の中を探り始める。

「んんっ、んっ、んんんっ」

こんな風に口内をまさぐられたことなどあるはずない。舌を指でひっかかれ、内頬を爪がかすめる。上顎の裏をくすぐられれば、そんな場所まで感じるのだと教え込まれてしまう。

「んぁぁ……あっ……ふぁ……ん」

中指と人差し指で舌が挟まれ、軽く引っ張られて、左右に震わされる。

その間も彼の唇は胸の頂を唇で挟んで揺らしたり、舌で転がしてきたりと忙しい。

完全に身体からは力が抜けていて、彼の手を阻むこともできなくなった。

「ふっ……んぅぅ……」

口内に指を挿し込まれているから、唇を閉じることもできない。半開きを強制されている唇の間から唾液が零れ落ち、頬を濡らす。

「あぁあっ！」

軽く乳首に歯を立てられて、迸《ほとばし》る嬌声《きょうせい》。身体は完全に快感に支配されていて、ひっきりなしに甘い声が上がる。

まだ腰にまとわりついていた寝間着は完全に捲れあがっていたけれど、それを恥ずかしいと思う余裕さえ失われていた。むしろ、柔らかなシルクが肌を撫でる感覚までもが、心地いい。

「お前の身体は柔らかくていいな。それに敏感で俺好みだ。ここに触られるのも好きだろう」

「んっ、あっ！」

くすぐるみたいに脇腹を撫でられて、自分の意思とは関係なく足が跳ねた。触れられたのは脇腹なのに、そこから広がる甘美な感覚が背筋を這い上って身体全体を搦め捕る。

「ほら、敏感だ」

「知りません……！」

あちこち触れられる度にシーツの上で身体がうねる。ぼんやりした目で見上げれば、顔を近づけてきた彼が自分の唇をぺろりと舐めた。

唇からのぞいた赤い舌が妙に艶《なま》めかしくて、思わず息を呑んだ。彼がここまで『男』の顔をアマリエに見せたことはなかった気がしたから。

不意に片方の足が持ち上げられた。

つま先が天井を向くよう、膝をまっすぐに伸ばされる。そうしておいて、彼は膝の裏側にキスしてきた。

「ここも——だろう？」

「あぁっ、なんでっ！」

上がったのは快感半分、うろたえ半分の声。

膝の裏なんて、自分ではさほど意識したことのない場所だ。柔らかくて無防備な場所と言われればそうかもしれないけれど、そこに舌を這わされるとまた新たな快感が広がるのだ。

「なんでと言われても。お前が敏感で——そうだな、淫らな性質と言えばいいんじゃないか」

「やっ、違う……違う、もの……！」

腕を伸ばし、皺になったシーツを引き寄せる。それで顔を覆い、上半身を捩《よじ》って、少しでも彼から表情を隠そうとした。

「こら、顔を隠すな。お前の感じている顔を見るのが楽しいのに」

「……あっ」

今、顔を隠したばかりのシーツが奪い去られる。見せつけるみたいに、彼は持ち上げたアマリエの脚に舌を這わせてきた。

白い肌を赤い舌でくすぐられる。その色があまりにも艶めかしくて、視覚からも刺激された。

「……あっ……んっ……ん、んんんっ」

首を振って、与えられる刺激から逃れようとする。けれど、彼がアマリエを逃がしてくれるはずもなくて、ますます感じてしまった。

滑らかな肌の感触を味わうみたいに、彼の大きな手が身体中を這いまわる。円を描くみたいに乳房を揺らされて、腰の奥の方にどろどろとしたものがよどみ始めた。

その感覚が何なのか、本能的に理解していても怖い。

「んぁ……はっ……んぅぅ……」

脚の間が熱い。すっかり彼の目にもその場所は見えてしまっているんだろう。

まだ、その場所は下着に隠されてはいるけれど、だからといって恥ずかしいと思わないわけではないのだ。

「んんっ——はっ……んあぁ……」

宝物みたいに大事に抱えられていた足。ふくらはぎを手で包み込まれ、今度はくるぶしに唇で触れられる。

「この足も可愛らしいな。爪が小さくて――壊れてしまいそうだ」

「やだぁ……見ないで。だめ、見ちゃ、だめ」

手繰り寄せた寝間着を握って訴えかける。彼の手に包み込まれたアマリエの足は、大きな手の中で小さく見えた。

アマリエの足は、歩かない貴婦人の足とは違う。二年もの間、毎日長距離を歩いていた足はすっかり固くなっていた。

「なぜだ？　俺は、この足も美しいと思うぞ」

親指の先に、キスされる。それから、足の甲にも、踵にも。

親指から小指まで順番にキスされ、舌で舐め上げられる。こらえきれない愉悦に身体を揺さぶれば、彼は大きく足を開いてきた。

「んんっ――あぁっ」

「ああ、ここも濡れているな。人の身体は濡れるものなのだろう」

「し、知りませんっ！　――んぁっ！」

たしか、そんなことを聞いたような記憶もある。

けれど、結婚なんてまだ先だと思っていたからきちんと勉強したことはなかった。

脚の間、濡れている場所にすっと指が入り込んできたとたん、身体の奥芯まで貫いた甘美な感覚。それは、あまりにも危険な感覚で、簡単にアマリエを屈服させてしまいそうだ。

「ひっ……あっ、あっ、あぁっ！」

アマリエの反応が面白かったらしく、彼は何度も同じ場所を擦り上げてくる。

次から次へと蜜を吐き出させる蜜口。彼の指は、その入り口に触れ、さらにその上にひっそりと存在する淫芽を擦り上げる。

その淫芽を触れられる度に、じんじんとした熱と共に愉悦が下腹部に集まってくる。あられもない声を上げて身もだえながら、この感覚から逃れようとしてしまう。

「こら、逃げるな。お前を気持ちよくしてやろうとしているのに」

「あぁぁっ、あっ、だってぇ――！」

その場所を刺激される度に、息を呑むほどの痺れが走る。手足はシーツの上で不器用に跳ねている反面、少しでも深い悦楽を得ようと腰を突き上げるみたいにしてしまう。

腿《もも》の内側がぶるぶると震えて、送り込まれる快感を完全なものへと塗り替えようとする。

「だんだん快感になじんできたみたいだな。お前の身体は――本当に俺好みだ」

「あぁぁぁんっ！」

ぐにぐにと布を押し込めるみたいにされたら、恥ずかしそうに蜜口がわなないた。

頭の先まで走り抜ける強い喜悦。

抵抗する意思なんて完全に奪われて、彼の思うままにシーツの上で身体をくねらせた。

アマリエの身体から、寝間着が取り払われ、続いてシュミーズが頭の先から抜かれる。最後に残ったドロワーズもさっと奪われたら、身体を隠してくれるものはなくなってしまった。

「――ヴァラデルさん……？」

身体を隠してくれるものがなくなってしまったから、心もとない。

けれど、身体を隠すことは許されなかったから、身体の両脇にだらりと垂らした手でシーツを握りしめた。

「そう震えるな。何もお前を取って食おうとしているわけじゃないんだから」

なだめるみたいに額にキスされる。なだめてほしかったわけじゃないからなんだか悔しい。

けれど、その気持ちも簡単に消し飛ばされてしまった。

ヴァラデルは、アマリエの脚を開き、その間に素早く身体を割り込ませてくる。

「ほら、ここ——濡れているだろう。俺を受け入れようとしている証《あか》しだ」

「い、言わないでください……」

思わず両手で顔を覆った。

自分の身体が彼を受け入れる準備をしているなんて改めて言葉にされると、とてつもない羞恥が押し寄せてくる。

「すぐに、恥ずかしいなんて思う余裕もなくなるぞ」

「……あ、あっ！」

覆うものがなくなった秘部を、彼はすっと指でなぞった。直接触れられることを望んでいたその場所は、ひくつきながら新たな蜜を零す。

さらに濡れた花弁の間、隠れた芽をつつかれたとたん、びくびくとのけぞってしまう。

こんな風になるのはおかしいのに。頭のどこかでそんな風に思うけれど、快感でぐずぐずになった頭では、それから先を考えることなんてできない。

繊細な手つきで、快感の芽をなぞられれば、淫靡《いんび》な振動が背筋を駆け抜ける。

大きく口を開いて、少しでも肺に空気を取り込もうとした。

「ふぁっ……あーっ、あっ、あっ」

大きく見開いた目には涙がにじんでいて、視界がぼやけている。触れられる度に身体はシーツの上を跳ね回るけれど、送り込まれる喜悦を上手に受け入れることはできなかった。

はしたなく蠢きながら、いやらしい蜜を零す花弁。そこに指が触れれば、たしかに甘美な感覚に見舞われるのに、下腹部に重く何かがよどむだけ。

「やっ――、もう、いやぁっ！」

頭を打ち振って訴えた。

これ以上、先に進むのは怖い。自分が自分でなくなりそうで。

「馬鹿なことを言うな。まだ、始まったばかりだぞ？」

なのに、ヴァラデルの方はアマリエを逃がしてくれるつもりはないらしい。

両膝を立てるみたいにして、より大きく脚を開かされたかと思ったら、彼の顔が、その間に沈み込む。

「――あぁぁんっ！」

ふっと息を吹きかけられ、それだけで甘ったるい声が上がった。

こんなの、自分の身体ではない。

ずりずりと頭の方にずり上がって逃げようとするけれど、腰を摑んで引き戻される。両足首を摑まれ、膝がぐっと胸に押しつけられた。

「見ない……で……！」

自分の身体が、どんな反応を示しているのかくらいわかる。足首を摑まれたままだから、逃れることもできなかった。

「見るなと言ったり、足りないと言ったり——お前は本当に忙しいな」

「言ってませ——あぁぁっ！」

彼は遠慮なんてしなかった。いきなり舌が核心に触れる。

与えられた快感にすっかり敏感になっていたその場所は、あっという間に抵抗心を奪い去った。

硬く尖《とが》らせた舌で淫芽をつつかれ、媚《こ》びるみたいに腰が浮き上がる。

今まで快感の受け入れ方など知らなかったのに、小刻みに揺れる身体は、少しでもより強い快感を得られるように彼へすべてを差し出していた。

顎が天井を向くくらいそった喉からは、甘やかな声が上がる。

淫らな振動が、敏感な芽に送り込まれる度に、身体の芯が熱くなっていく。もう、ここまで来たら止まらない。

「や——く、るし……お願い、やめ——！」

泣き叫ぶみたいな声を上げつつ、全身を激しく揺さぶりながら上り詰めてしまう。

両足首が解放されても、身体を隠すことさえ思いつかない。

法悦の涙が頬を伝って流れ落ち、シーツに新たな染みを作った。

「ちゃんとイけただろう？　なんとかなると、俺は言った」

そんな風に言う声も聞こえてきたけれど、アマリエの耳には届かなかった。

そして、彼の方もアマリエを休ませてくれるつもりはないようだった。敏感になっている場所に、躊躇《ちゅうちょ》なく指が挿し込まれる。

「あぁぁんっ！」

今まで異物を受け入れたことがない場所も、彼の指はすんなりと呑み込んだ。

ゆっくり抜き差しされるその感覚に慣れなくて、知らず知らず眉が寄る。

「どうした、これはよくないのか」

「わ、わかりません……」

力の入らない両手は、身体の両脇に垂らされたまま。先ほどまで窮屈なくらいに折り曲げられていた膝もまっすぐにされ、脚もしどけなく投げ出されている。

「まあ、お前が受け入れられなくてもしかたない。どうしてもというのなら、他にも方法はあるからな」

「ほ、他にもって……？　あっ」

押したり引いたりを繰り返していた指が、収斂《しゅうれん》する濡壁《じゅへき》の中、ある一点をとらえた。その場所を擦り上げられると、今までとは違う感覚に見舞われる。

「……そこ、ちがっ……ふっ、あぁっ」

その場所を擦られると、腰の奥に痺れが走る。先ほど、教えられた快感とはまた違う感覚。お腹の奥の方がきゅーっとなって、さらに深い悦楽を求めようとしているというか。

「――よし、ここだな」

「そこ……だって、あぁっ……やめ――変に、なる、から……」

「変になればいいだろう。ここには、俺とお前しかいないんだから」

なおも指を抜き差しされる。敏感になった壁を指先でこね回される度に、淫らに押し寄せる愉悦に背中がしなる。

「あぁぁっ、あっ……だめ、だめっ――!」

突き入れられる度に、星が散ったみたいに目の前がちかちかする。

内腿がぴんと張り詰め、少しでも多く快感を得ようとしてしまう。

快感を得ることを覚えたばかりの淫らな場所を、手のひらでなぶるようにしながら指が抜き差しされる。

びくびくと身体を震わせるけれど、彼の手は止まらなかった。後から後から快感が押し寄せ、艶を帯びた声が口をついて出る。

「いやぁ……やだ、だめ……んっ……く……んぅぅ」

自分の声が恥ずかしくて、口を閉じてやり過ごそうとする。けれど、彼は許してくれなかった。

硬い手のひらが、敏感な芽を刺激する。それと同時にその裏側を曲げた指先でつつかれて、またあっという間に愉悦に押し流されてしまった。

「私……どうなる……の……?」

こんなことで大丈夫だろうか。まだ、彼と本当の意味では結ばれていないとわかっているから怖くなる。

「大丈夫だ、落ち着け」

髪を撫でてくれる彼の手はとても優しい。彼の手は、時に思いがけないくらい繊細になる。

変なの。

言葉にはならなかったけれど、頭の端の方でそう思った。

ヴァラデルは、魔王なのにこんなにも優しい。そんなの変だ。何かおかしい。

けれど、そのおかしい何かが何なのかがわからない。

彼が大きく息をついて、シャツのボタンに手をかける。

ここで初めて気がついた。彼は、いつ上着を脱いだんだろう。

「もどかしいな」

彼が大きく右手を振れば、身に着けていたものが一瞬で消え失《う》せる。

悲鳴と共にアマリエは、シーツを引き寄せて顔を覆った。

愉快そうな笑い声を彼は上げるけれど、どう対応したらいいのかわからない。

だって、自分の身体と彼の身体はまったく違うのだ。

旅をしている間、ウィルフレッドやエミルが上半身裸になって汗を拭いたり、水浴びしたりしているところに行き合わせてしまったことがないとは言わない。

彼らだって自分の身体を鍛え上げていたけれど、ヴァラデルの身体はそれとはまた違っていた。

どこにも無駄な肉などついていない、研ぎ澄まされた肉体。それなのに、必要以上に鍛えられているという感じは受けなくて、まるで彫刻のように美しい。

アマリエの肌より、少し色の濃い肌には傷一つなく。相手が魔王なのに、神々しいという言葉が頭をよぎった。

広い胸板、鍛えられ、見事に割れた腹筋。そこから先に視線をやるのはためらわれたけれど、慌ててそらした目の隅では、しっかりと猛々《たけだけ》しい彼自身の姿をとらえていた。

腹部に触れそうなくらいに強く立ち上がったそれは、アマリエの目にはあまりにも刺激的だった。今までさほど感じていなかった、生々しい肉の感触を目の当たりに突き付けられたというか。

「無理――！」

ぎゅっと目を閉じて、ぷるぷる震えるけれど、もう完全に組み敷かれているのだから今さらだ。それに、身体の奥の方からちろちろと芽生えてくる感覚。

彼を欲しいと自分でも思っているのがわかるからいたたまれなくなる。

脚の間に熱いものがあてがわれる。溢れた蜜液をまぶすみたいに、ゆっくりと彼は身体を動かした。

秘めておくべき場所をそうやって、擦り上げられるだけで、お腹の奥の方が熱くなってくる。

もう、このままでは終われないのだと、呆然と思った。

「――初めての時は、人間は痛いんだったな?」

「そ、そう聞いてます……けど……?」

アマリエ自身未経験なので、痛いのだろうかと問われても困る。噂《うわさ》によればすごく痛いらしい――というのは、結婚した女性達から聞かされた話。

「よし、息を呑め」

「……はい?」

息を呑め、とは何事だ。聞き返そうとしたとたん、彼は動きを変えてきた。

今までは花弁の合わせ目に沿って緩やかに動いていたのが、奥へ押し込まれる動きに変わる。

指で解《ほぐ》された後とはいえ、あまりにも急な衝撃だった。

衝撃のあまり、涙がぼろぼろと零れ落ちる。聞いていない。こんないきなり押し入ってくるだなんて聞いてない。

「どうだ?」

「ど、どうだって……」

どうだと問われても、なんと答えればいいんだろう。

「痛くはないかと聞いてるんだが」

「……ん、少し……？」

痛い痛いと聞いて覚悟していたつもりだったけれど、思っていたほどではなかった。上にいる彼が身じろぎすると、鈍い痛みが下腹部を走る。

「待って。動かないで……動いたら、痛い、かも……？」

「十分ほぐれたと思ったんだがな」

彼がアマリエの下腹部に手を当てたとたん、彼を受け入れている場所が、温かくなる。それは、今まで与えられた熱とはまるで違う痛みだった。

そのとたん、その正体を知る。受け入れた場所に、彼が治癒魔法をかけたということに。

「んぁぁ……」

身じろぎしたアマリエの口から洩《も》れたのは、あまりにも甘美な声。濡れた蜜壁を擦り上げられるのが、こんなにも感じるものだったとは。

あっという間に痛みは快感に塗りかえられたみたいだった。濡れた舌先で、胸の頂が弾かれ、そこから生じた刺激が繋がった個所《かしょ》にまで響いてくる。

「ヴァラデル……お願い、もっと」

快感で頭が回らなくて、いつもは呼び捨てないのに、彼を呼び捨てにしているのに気づかなかった。それを聞いた彼が口角を上げたのも。

彼がゆっくりと腰を引き、それから奥へと進んでくる。

それだけで激しく蠢く内壁が熱杭を強く締め上げ、その形まで覚え込もうとしているみたいに絡みつく。

「……覚えがいいな、お前は」

「やっ……知らない……知らないもの……！」

アマリエが慣れてきたと見て取ると、彼は動きを速めてきた。二人の身体がぶつかり合う度に、腰骨まで砕けてしまいそうな濃厚な快感に何も考えられなくなる。

「あぁっ！　んぁっ……そこ、いやっ……！」

どこを擦られても気持ちいいけれど、ある一点を集中的に攻められれば、快感がますます大きく膨れ上がる。

最初は与えられる悦楽に翻弄されているだけだったのだが、アマリエの方からもぎこちなく腰を動かし始めた。

「ほら、自分から動き始めた。気持ちいいのだろう？」

「はっ……ん……気持ち……いい……」

体内を熱いものが往復する。その熱を失いたくなくて、内部はアマリエの意思とは無関係に収斂する。

蜜を吐き出す場所を往復する肉棒の動きはますます滑らかさを増し、奥を突かれる度に目の前が白くなるような強烈な快感に襲われる。

「あんっ……あ、あぁぁんっ！」

ひときわ高い嬌声と共に、アマリエは顎を突き上げた。折れそうなくらいに背中がしなり、

全身を激しく震わせて高みへと到達する。こんなにも甘美な感覚があるなんて知らなかった。

「アマリエ――俺も、イくぞ」

宣言したかと思ったら、唇が彼の唇に覆われ、口内をものすごい勢いで蹂躙《じゅうりん》される。最奥に力強く打ち付けられたのは、熱い精の迸り。体内を濡らし上げられるその感覚に、また軽く極めてしまう。

ぐったりとその場に横たわっていたら、ヴァラデルはシーツをかぶせてくれた。

シルクのシーツは滑らかな感触で、身体を包むとその感触もまた愛撫みたいに感じられる。素肌にそのシーツをぐるりと巻き付けたまま、甘えるみたいに彼の腕の中にすり寄った。

「あの、一つ聞いてもいいですか……どうして、私だったんでしょう?」

「そんなもの。理屈なんかじゃない。倒れてるお前を見た瞬間、欲しいと思ったからな――まあ、こういう関係になるのはどうだろうとも思っていたが」

「こういう……関係……」

魔王が結婚するかどうかは定かではないけれど、いずれ結婚するのだとしたら相手はアマリエではないだろう。

(……だったら、愛人ってこと?)

世の中には愛人を抱える男性が存在するということくらい、アマリエだってちゃんと知っている。国王だって、王妃の他に三人の愛妾《あいしょう》を持っていたし。

――だけど。

（それでも……いいもの……）

別に、愛人扱いに不満があるわけではないのだ。

彼の側にいられるのなら、どんな形でもいいと思ってしまうのだから自分もたいがいだ。

「ヴァラデルさん、あのですね？」

「呼び捨てにしろと言っただろうに」

「そ、それは難しいと思うんですけど……努力はするので……私をあなたの側にいさせてください」

呼び捨てにはできない。

いつか、この城を離れなければならない時が来る。必要以上に図々しくなるのは間違っていると思うから。

だから、彼との間に一本だけ心の線を引いておきたいのだ。その線は、簡単に消してしまうこともできそうだけれど。

「離してなんかやるものか。お前は、俺のものだ」

彼がそう言ってくれることに安堵する。もう少しだけ、今のままでいたいと強く願った。

サウルの町で、仲間達の本音を聞いてしまったその後だからなおさら。

最初から殺すつもりだったという仲間達の声が耳の奥によみがえる。

「――お前が望むのなら、真実を明らかにしてもいいんだぞ」

「いえ、それは……それはなしでいいです。だって、私……聖女としてあがめられるより、ヴァラデルさんの側にいる方が幸せです」

皆が、心強く生きていくのに王家が必要だというのなら。ラウレッタが聖女でもいいのではないかと思う。

「それに、ラウレッタ様ってとっても綺麗な人だったんですよ。本物の聖女ってああいう人を言うんだろうなって――」

「馬鹿なことを言うな。お前が、本物の聖女であることは俺がよく知っている」

背後から巻き付けられるヴァラデルの腕。太くて、筋肉が発達していて――アマリエをいつだって全力で受け止めてくれる強くて優しい腕。

この腕があれば、アマリエは大丈夫だ。どんなことがあっても生きていくことができる。

「ヴァラデルさん、私――」

彼と一緒にいられるのなら、それでいい。そんな風に思ってはだめだろうか。

地位も、名誉も――今のアマリエには必要ない。

「……好き。大好き。あなたが、好きです」

「そういうことを言うから！」

甘えて、また体ごとすり寄ったら、アマリエを抱えていたヴァラデルが声を上げる。

「お前、俺を煽《あお》ってるだろ？　抱きつぶさないように努力はするが、覚悟しろ！」

「待ってっ！　私、今――」

ヴァラデルは覚えていないのだろうか。アマリエはたった今、初めて彼を受け入れたばかりだというのに。

「安心しろ。痛いところには治癒魔法をかけてやるし、体力が尽きたというのなら、俺の体力を分けてやる」

「そ、それはどうかと思うんです……！」

アマリエの抵抗なんて彼にとってはたいしたことなく。

結局彼の思うままに、翌朝まで貪られてしまったのだった。

第五章　勇者達との再会はほろ苦く

彼と結ばれてから、ひと月ほどが過ぎた。

一度、彼の下を離れてしまったせいで、せっかく回復に向かっていた身体《からだ》が再び悪化してしまったそうだ。

しばらくの間は城から出るなと厳命されて、診療所の手伝いも週一日だけに減らされている。

空いた時間は何をしているのかといえば、ティカと一緒に裁縫をしたり、お菓子を作ったり。

ヴァラデルがコレクションを集めている部屋の掃除ももちろん続けているし、それ以外に『魔力を使わず』できることがあれば、積極的に手伝っている。やはり、何もしないでいるのは落ち着かないみたいだ。

以前と一つだけ変わったことがあるとすれば、今まで与えられていた部屋ではなくて、彼の部屋で休むようになったことくらいだろうか。

だけど、彼とアマリエの関係ってどうとらえたらいいんだろう。彼は、アマリエを自分のものだと言うけれど、それっていつまで続くのだろうか。

（考えても、しかたないのはわかっているんだけど……）

勇者達と一緒に世界を救うための戦いに出たと思っていたのに、現実はアマリエが聞かされていたものとまるで違っていた。

仲間だと思っていた勇者達は、アマリエを捨て駒として利用しただけ。一方、全滅させなければいけない相手だと思っていた魔族の方がアマリエに親切にしてくれる。

そもそも結婚式を挙げていない相手とこうやって床を共にしているという段階でアマリエの貞操観念とはずれてしまっているが、いけないことをしていると思う反面——このままの生活が続けばいいとも思ってしまう。

「お前の生まれた町に行くか」

朝になって不意にヴァラデルがそんなことを言いだした。二人ともまだベッドの中。

「私の、町……？」

昨晩もおいしく彼にいただかれたアマリエの目は、完全には覚めていない。

眠い目をこすりながら、彼の方を見る。何も着ないで寝ている彼の身体は、朝だというのにとても刺激的だ。

整えていない髪が額に流れ落ちている様も男の色気が溢《あふ》れていて、思わずアマリエの方から身を擦り寄せる。

「んー……」

「こら、お前から誘いをかけてくれるのは嬉《うれ》しいんだがな」

ちょっとあきれたみたいな彼の声。その声はアマリエだけに向けられたもので、それがすごく嬉しい。

「んん、や、です」

まだ、半分眠っているから、彼が何を言っているのかよく理解していない。

彼の肩口に額を擦りつけ、それから腕の方にごそごそと顔を移動させて、そこに軽く歯を立てる。

「こらこらこらこら！　俺はこのままお前を抱きつぶしてもいいんだけどな？　それで困るのはお前の方だろ！」

「ふぁ、ごめんなさい――！」

ようやくここで目が覚めた。

ヴァラデルは素裸だというのに、風邪をひいてはいけないという配慮からか、アマリエの方にはしっかりと寝間着が着せられているのもいつものことだ。

レースとフリルがたっぷりで、胸のところにリボンがついているこの寝間着は、アマリエのためにとヴァラデルがティカ達に仕立てさせたものだ。

何枚も仕立てらしくて、今のところ以前身に着けたものがもう一度出てきたことはない。

「目が覚めたか？　お前の生まれた町に行っておこう。一度、顔を見せた方がいいだろう」

その寝間着の胸についているリボンを引っ張りながら、彼は続ける。

「でも……いいんですか？　神父様も心配してると思うし、一度顔を見せたら喜んでくれると思いますけど、私の身体……」

城内から出るのを許されていないのは、サウルに行った時に無茶をしたアマリエのせい。ヴァラデルが側《そば》にいてくれても、外に出て大丈夫なんだろうか。

「ひと月様子を見たが、問題ないだろう。今度こそ、俺から離れるなよ」

「……はいっ！」

嬉しくなって、ぎゅっと彼の身体にしがみつく。孤児院の皆《みんな》に会うことができる。久しぶりに家族と会うことができるのは嬉しい。

リボンを引っ張っていた彼が、急に表情を変えた。

「お前、俺の忍耐心を全力で破壊しにかかってくるな！」

「そ、そういうつもりではないのですけれども……！」

彼に抱き着いてしまったのを失敗したと思ったけれど、一度その気になった彼を止められるはずもない。

あっという間に身に着けていたものをすべて奪われて、あとは彼の好きなようにされるしかなかった。


結局、城を出発したのは午後も半ばになってからだった。

「……すみません、起きられなくて」

「お前が、積極的過ぎるのが悪い」

別に積極的になったつもりはないのだけれど、そう言われるとちょっと罪悪感が押し寄せてくる。アマリエは、悪くないはずなのに。

ヴァラデルは、白のシャツに濃茶の上着。それから上着と同じ生地で仕立てたズボンを穿《は》いている。

クラヴァットはしていなくて、シャツのボタンを二つ開けているのが、大人の男性の色気を思う存分発揮していてとても素敵だ。

(他の人には、見せたくないな)

なんて、ちらりと嫉妬心めいたものまで芽生えてしまう。

だって、ヴァラデルはこんなにも素敵だ。町中で何も知らずすれ違ったら、きっとアマリエも振り返って彼のことを見るだろう。

「今日のドレスもいいな。お前によく似合っている」

「本当ですか？　それは、ヴァラデルさんの見立てがいいんですよ！　だって、これはティカ達が縫ってくれたものですから」

アマリエはその場でくるりと一周して見せた。

アマリエの動きにつられて、何段ものフリルで飾られたスカートがふわっと広がる。

今日選んだのは、オレンジ色のワンピースだ。レースで飾られた大きな襟は、上半身に他の飾りは必要ないくらい華やかだ。それから、赤いリボンを腰に巻く。

レースのついた靴下、黒いパンプス。白い帽子には、腰に巻いたのと同じリボンが飾られている。

「本当、本当に似合ってますよね？」

伸び上がるようにして顔を覗《のぞ》き込めば、彼の顔が、ほんの少し赤くなる。時々、そうやって照れたような表情になるのはアマリエの前でだけだ。

アマリエが育ったのは、特に交易の要所でもなく、有名な特産物があるわけでもない山間《やまあい》にある小さな町だ。

一応、リュフェムという名前はあるけれど、その名前をしっかり覚えている人は何人いるだろう。

たまに町に来る客人といえば、山を越えて行き来する商人達と、山に狩りに入った狩人《かりゅうど》達くらい。よくも悪くも平和で、ちょっとだけ貧乏寄りの町。

「それじゃ、摑《つか》まっておけよ」

「はいっ！」

ヴァラデルはアマリエを腕に抱えて大きく手を振る。

アマリエは彼の首に両手を絡めるみたいにして強くしがみついた。ばさばさっと風が髪をなびかせたかと思ったら、周囲の景色が一瞬真っ暗になる。

（怖い……！）

心臓がばくばくして、彼の首に絡めた腕にますます力をこめた。

いつか、ティカに教えられたことを思い返す。転移魔法が失敗すると、手足が変な風にねじれたり、首がもげたりするのだと。

もちろん、ヴァラデルのことは信じているから、そんなことを心配しているわけでもないのだがほんの少しだけ恐怖が残るのまではどうしようもない。

「そんなに怯《おび》えるな。ほら、着いたぞ」

「あっという間ですね……」

まだ、心臓は早鐘を打っている。地面に下ろしてもらったけれど、足ががくがくしていて、彼の身体に半分体重を預けるみたいになってしまう。

ヴァラデルがアマリエを連れて降り立ったのは、リュフェムの町から少し離れた山の中だった。

春は山菜や薬草、秋には山栗《やまぐり》やキノコなどをとりに何度も入ったので、周囲の景色に見覚えがある。ここからリュフェムまでは、歩いて一時間というところだろうか。

「人に見られるのはまずいから、ここに降りたんだが――その様子じゃリュフェムまで歩くのはきつそうだな。ちょっと待て」

彼がぱちりと指を鳴らせば、その場に現れたのは二人乗りの小さな馬車。二頭の馬が繋《つな》がれている。

「あの、この馬車は……？」

「俺の魔力で作った。馬は――スライムみたいなものだと思え。人間にはまず見抜かれないだろう。妙におとなしい馬だと思われる可能性はあるが。こいつらは鳴かないからな」

一瞬にしてヴァラデルの手によって作り上げられた馬車は、裕福な商家の人間とか、貴族が乗っていてもおかしくないようなとても立派なものだ。

折りたたみ式の幌《ほろ》がついていて、二人並んで座席に座る形のものだ。大量の荷物を積める形ではないから、近くの町からリュフェムを訪れたという設定なのかもしれない。

ヴァラデルと並んで座り、町を目指す。いつもは自分の足で歩いていた道を、馬車に乗って移動するのは新鮮な気分だ。

山道を下れば、すぐに町の入り口だ。門番などはいないので、そのまま町の中に入る。まっすぐに一番の大通りを走り始めた。

「懐かしい！　とっても懐かしいです、ヴァラデルさん！」

アマリエにとって、この町は故郷だ。両親の顔も知らないけれど、この町で生活していた頃は楽しかった。

「……見てください！　とても綺麗《きれい》だと思いませんか？　あの時計台」

街の中央には、赤い屋根を持った高い時計台がある。

毎日九時、正午、十五時、十八時と四回鳴らされる時計台の鐘は、町の人や山の中にいる人達におおよその時刻を告げてくれる大切なものだ。

「朝の鐘が鳴ったら勉強開始、正午の鐘が鳴ったらお昼の時間、お昼が終わったら、十五時の鐘が鳴るまで少しだけ遊びの時間で、十五時から十八時の鐘が鳴るまでお手伝いの時間だったんですよ」

「そうだったのか」

口早に語るアマリエに、彼は愛《いと》おしそうな目を向けてくれる。それが嬉しくて、子供の頃のことが次から次へと口から出てきた。

孤児院での生活は規則正しいものだった。朝は早く起きて、朝食。それから勉強開始の時間までは、畑の収穫や洗濯の時間にあてられる。

午前中勉強した後は、パンを齧《かじ》って昼食をすませて、遊びの時間。この後手伝いの時間があるから、子供達は懸命に遊ぶ。

年かさの少年少女は、小さな子達が遊んでいる間、夕食の仕込みをしたり、午前中に終わらなかった家事を片付けたり。

サウルと比べたら小さな町なので、珍しい景色があるというわけでもないけれど、いつもはヴァラデルに案内してもらうのに、今日は、アマリエが彼を案内している。ちょっと新鮮な気分だ。

(教会に馬車を預けて、市場の方も見に行きたいな)

サウルの町に比べたら、商品の数も種類も少ないが、この町を彼に見てもらいたい。

彼も、少しでもこの町を好きになってくれたら嬉しいがそれはどうだろう。彼には、この町は少し退屈すぎるかもしれない。

彼がしばしば訪れるサウルの町は交易の要所だから、珍しい話や商品がたくさん入ってくる。外国の人も多く、彼らの話を聞いているだけで刺激的なはず。

魔王の城はそもそもアマリエからしたらびっくり箱みたいなもので、彼がこの町をどう思っているのか不安になった。

「この町のこと、どう思います？」

「そうだな、アマリエの育った場所だと思うと、いろいろと感慨深いものだな」

「そういうものですか？」

「ああ。町の空気が、どこよりも優しい。誰にでも手を差し伸べるお前を育てたのは、この町の空気かもしれないな」

「なっ……そんなこと……」

こうして、彼はアマリエに不意打ちをしかけてくる。

自分は、そんなに優しい人間ではないと思う。誰にでも手を差し伸べると彼は言うけれど――神から授かったと言われるアマリエの力を持ってすれば、手を差し伸べるのはある意味当然だ。

しかけられた不意打ちに上手に対応することができなくて、頬が熱くなった。

「私、そんなにたいした人間じゃないです……」

「またそういうことを言う。だから、お前を手放せなくなるんだ。そうだ、この町に屋敷を一つ買うか」

「……はい？」

また、とんでもない言葉が、彼の口から飛び出した。この町に、屋敷を買う理由なんてアマリエには想像もつかない。

「この町にも、空間魔法の扉を一つ用意しようと思う。そうすれば、お前もいつでもここに来られるだろ？」

「ななな、いいですよ、そんなの――！」

玄関ホールに並ぶ扉は、二か所の空間を捻《ね》じ曲げて直接繋げる高等魔法だ。ヴァラデルの城とサウルの屋敷を繋いでいる魔法がそうだ。アマリエの知る限りでは、人間界にこの魔法を使うことができる者はいない。

魔王の魔力、おそるべし――といったところではあるのだが、アマリエのためにそんな高等魔法を使わせるわけにもいかない。

「大変ですから！　だめですから！」

「――そうか？」

「そうですともっ！」

まったく、こんなにもアマリエを甘やかしてどうするというんだろう。

たしかに彼が、アマリエを選んでくれてこうやって甘やかしてくれるというのは、とても嬉しいことではあるけれど、度が過ぎると、彼の愛情がすぐに失われてしまいそうでそれが怖い。

「……ここが、私の育った教会です」

アマリエがヴァラデルを案内したのは、町の中心地から少し離れたところにある教会だった。教会の奥が孤児院の建物で、主な運営資金は町の人達が教会に納める寄付金だ。あとは、畑で取れた作物を売ったり、薬草を売ったりして、日々の糧を稼いでいた。

アマリエが成長促進魔法を覚えてからは、食糧事情はだいぶ改善されたものの、それでも食べていくのがやっとのことで、古びた建物の改修までは手を回せなかった。

国王が約束を守ってくれるかどうかかなり心配していたけれど、建物を見て安堵《あんど》した。

(よかった。ちゃんと、整備されてる……)

アマリエの出立前、孤児院の屋根は半分崩れかけていたが、今は、その屋根も完全に修理されている。アマリエの存在をなかったことにはしたけれど、約束はちゃんと守ってくれたらしい。

「――神父様！　ただいま帰りました！」

「アマリエ！　手紙をもらった時には驚いたが、無事だったんだね」

アマリエが孤児院の扉を開くと、子供達がわっと飛び出てきた。彼らに案内されて出てきた神父は、アマリエの様子を見て驚いたみたいに、立ち尽くす。

「よくぞ――無事で――王宮から、君が死んだと知らせが来た時は驚いたよ」

「半分、死にかけてました」

てへっと肩をすくめたら、神父は大仰な身振りで天を仰いだ。

「だから行かせたくなかったのだよ！　お前のような気の優しい子を勇者パーティーに入れるなんて！」

天を仰いで思いきり嘆く。その仕草はあまりにも大げさではないかとも思ったが、久しぶりに会う育ての親の姿に胸が温かくなるのを覚えた。

「それで、アマリエ。一緒にいるのはどなたなんだい？」

神父は、ようやくヴァラデルの存在に気がついたらしい。

アマリエも彼を紹介するのをすっかり忘れていた。慌ててヴァラデルを自分の前に引っ張り出す。

「こちら、サウルにお住まいの——ヴァラデル様。死にかけていた私を見つけて助けてくださったの」

「おお——あなたが」

本当は魔王なんです、なんて言えないから、貴族のヴァラデルということで紹介した。前に手紙にそう書いたし、それで通じるはずだ。

ヴァラデルを見れば、貴族じゃないと思う方が難しいだろう。

背が高く、がっちりとした体形を最大限に美しく見せる仕立てのいい衣服。気品があるというだけではなく、威圧感をはらみつつも鷹揚《おうよう》な物腰。

それは魔族を統べる王という立ち位置から生じたものではあるけれど、人間の目には他人を従えることに慣れている者、他人に命じることに慣れている者として映るはずだ。

「これはこれは、ヴァラデル様。アマリエを救ってくださり、ありがとうございます」

「神父殿はよいお子を育てられたな。アマリエが、わが城に来てからずいぶんと城内が明るくなった」

「そうですか、アマリエが——」

（ちょっと、城って言ってしまってるけど――！）

アマリエは、心の中で突っ込んだ。

ヴァラデルも気づいていないのだろうか。それとも人間界の常識に疎いだけ？

この国では『城』を持つのは王族だけ。貴族の持つ建物は、どれだけ大きかろうが立派だろうが堅固な守りを備えていようが『屋敷』と呼ばなければならないのだ。

つまり、下手をしたら『この国の王族です』と名乗ってしまっていることになる。王族ではないのにそれはまずい。

（いつもお城お城って言ってるから、うっかりしたんだろうけれど）

けれど、神父もその点に気づいた様子はなかったので、そのまま流すことにする。

誰も気づいていないのなら、余計な発言はしない方がいい。

「アマリエが聖女として旅立ってくれたおかげで、この孤児院もずいぶん財政状況が回復しましたが、わが子を売ったみたいで、胸が痛かったのですよ」

孤児院の奥、応接間に通されて、お茶とスコーンがふるまわれる。

このスコーンは、アマリエが孤児院で生活していた頃にレシピを完成させたものだ。自分の作ったレシピが今でも受け継がれているのをなんとなく嬉しく思う。

「いや、アマリエはよくやった。魔王セエレを倒したのだから」

ヴァラデルは誉《ほ》めてくれるけれど、アマリエとしてはいたたまれない。

（倒したのはウィルフレッド達だけど……！）

だって、アマリエは戦闘が始まってすぐ、セエレに胸を射貫《いぬ》かれて死んでいた。神父が持たせてくれた『身代わりの羽根』がなかったら、蘇生《そせい》できなかったし、アマリエが生き返らなければ仲間を生き返らせることはできなかった。

「……でも、私は」

何もしていないと言おうとしたところで、ヴァラデルに口を塞がれた。彼は、アマリエの唇をそっと人差し指でなぞる。

育ての親である神父の前でそんなことをされて、顔が真っ赤になってしまった。うつむいて、スカートをもじもじとこね回す。

「それで、いつ帰ってくるのかね?」

「それは……まだ……」

アマリエは、神父の言葉にどう返したらいいかわからなくなった。

この場所に帰ってきたいという気持ちがないわけではない。けれど、それ以上にヴァラデルの側にいたいという気持ちは大きいし、何より、まだ彼に何一つ返すことができていない。

(まだ、身体が完全に回復したというわけでもないし……)

言い訳がましく、心の中でそうつぶやいた。

ヴァラデルの側を離れたら、また倒れてしまうことになりかねない。返答に困ってヴァラデルの顔を見上げたら、彼はテーブルの下でアマリエの手をそっと握ってきた。

「神父殿——アマリエはまだ完全には回復していない。まだ、養生が必要だ。それに、俺はアマリエを手放したくないと思う。アマリエを俺にいただけないだろうか。生涯、大事にする」

「はて、生涯大事に——とは？」

意味ありげに神父が眉を上げた。

結婚式を挙げていない以上、アマリエは愛人でしかない。

もちろん、ヴァラデルとの隣に正妻として立てると考えるほど図々《ずうずう》しくもないけれど、神父が反対したくなる気持ちもわかる。

「もちろん、アマリエを俺の唯一として大事にするということだ。それでは、不満か？」

唯一。

その言葉に、胸が射貫かれたような気がした。

アマリエが、ヴァラデルの唯一の存在。

（ひょっとして……）

正妻は娶《めと》らないつもりなのだろうか。たしかに、今まで独身を貫いてきたわけで、彼の側に他の女性がいたという話も聞かない。

その気になれば魔族は単体で生殖活動を行えるそうなので、アマリエが考える意味での子供を作る行為も必要ないのだろうし。

うんうんと考え込んでいたので、ヴァラデルと神父の間でどんな会話が交わされていたのか、まったく耳に入ってこなかった。

気がついた時には、アマリエの前に置かれていたお茶のカップは空になっている。

空になったそれを持ち上げて初めて気づくのだから、思っていたよりぼんやりしていたみたいだ。

「では、ヴァラデル様。アマリエをよろしくお願いします」

立ち上がった神父が深々と頭を下げている。

「すまないが、帰る時まで馬車を置かせておいてもらうぞ」

「お帰りの時に、もう一度お声がけください。アマリエ、ヴァラデル様に失礼のないようにするんだぞ」

はぁい、と返事をする声がちょっとむくれてしまった。ヴァラデルとの付き合いは、神父と彼の付き合いよりずっと長いのに。

「来る時に話をしたがな、やっぱり屋敷は一つ買おう。今後は、俺もしばしばこちらを訪問することになりそうだし、その方がお前も里帰りしやすいだろう」

「いいんですか?」

どうやら、アマリエが自分の考えに気を取られている間にヴァラデルは神父と話をまとめていたらしい。

「好きなように家具も揃《そろ》えろ。内装は全部お前に任せるから」

「嬉しい! ありがとうございます!」

「勝手に出かけるなよ。俺と一緒でなければだめだぞ」

「わかってます」

同じ失敗はもうしない。

玄関ホールの扉を開けば、いつでも生まれ故郷に行くことができる。まだ、ヴァラデルの側を離れることはできないけれど、もう少し身体が回復したら、子供達にアマリエの焼いたおやつを届けることもできる。

（……早く、自由に行き来できるようになったら嬉しいな）

屋敷の中は、アマリエの好きなように家具を揃えてもいいと言ってくれた。

たぶん、これが愛人のお手当ということなんだろう。

ヴァラデルの城で暮らしている限り、アマリエが金銭を使う必要はないのだから。

◇◇◇

「――ねえ、ちょっといいかしら？」

「どちらさまですか？」

玄関ホールに飾る花を庭園で選んでいたら、声をかけてきたのは見たことのない女性だった。

「ねぇ、あなた聖女でしょ？」

アマリエの問いには答えず、彼女がにっこりと微笑《ほほえ》むから、アマリエは飛び上がってしまった。以前、アマリエを殺しにきた魔族がいたことがあった。

まさか、彼女もそうなのだろうか。

（……この魔力……ヴァラデルさんに匹敵するんじゃ……！）

「あ、あのっ……死にかけてたのをヴァラデルさんが助けてくれただけなので……！」

じりっと一歩下がり、相手の気迫に呑《の》まれまいとする。

相手はとてもすさまじい魔力を持っていた。外に発散せず、身体の内にため込んでいるだけなのに、簡単にアマリエを圧倒してしまう。足が震えるのを自覚した。

（セエレなんかより全然すごい……ヴァラデルさんと同じくらい……？）

彼女は見事な銀色の髪をそのまま腰まで垂らしている。赤い瞳は、いたずらめいた光を放ってはいるが、同時に油断ならないとアマリエに知らしめてくる。

高く通った鼻筋、ふっくらとした唇。

顔立ちは文句なしに整っていて、彼女を得るためならば彼女の体重と同じ重さの黄金を差し出してもいいという権力者は山ほどいるんじゃないだろうか。

胸の大半が見えてしまうのではないかと思うくらい深く胸元を切り込んだ真っ赤なドレス。身体にぴたりと合ったそのドレスは、彼女の身体の豊満なラインをあますところなく浮かび上がらせている。

そして、スリットの入った細身のスカートから、むっちりした腿《もも》を脚の付け根近くまで惜しむことなくさらけ出していた。

片手には、ドレスと同じ布で作られたハンドバッグ。腰に巻いた金の帯も魔力を帯びている

――やっぱり、ただ者じゃない。

（わ、私に何ができるのかしら……）

油断なく構えながらも、アマリエは絶望的な気分に陥っていた。今、目の前にいるのは間違いなく強い魔族だ。

ヴァラデルに敵対する者であれば――どうにかして、ここで食い止めないと。ティカがヴァラデルを呼びに行ってくれればいいけれど。

警戒心を露《あらわ》にしたアマリエに、けれど彼女は優雅な微笑みを向けた。敵愾心《てきがいしん》は持っていないと言うように。

「自己紹介がまだだったわね？　私はソフィエル。ヴァラデルの友人よ」

友人――本当に？

目の前にいる彼女は、アマリエの目から見てもとても魅力的な女性だ。

そして、ヴァラデルも魅力的な男性――ソフィエルがヴァラデルに惹《ひ》かれるなんてことはないんだろうか。本当に単なる友人というだけの関係と言えるのだろうか。

「そう警戒しないで？　あの男が聖女を拾ったという話は聞いているし。ちょっと彼に頼みたいことがあって来ただけだから」

「は、はぁ……」

つややかな紅に彩られた唇を、彼女は笑みの形に変えてアマリエの顔を覗き込んできた。

正直なところ、ものすごくドキッとした。同性だというのに、彼女の色香に当てられそうになって。

おたおたと視線をそらしながら、アマリエはもごもごと口にする。

「ヴァラデルさんなら執務室——あ、いました」

「お前の気配を感じたから出てきたぞ、ソフィエル。何があった？」

「——これ」

執務室から一瞬にして移動してきたヴァラデルは、ソフィエルの差し出した手紙を見て眉間に皺《しわ》を寄せた。

「勇者が、レガルニエルに宣戦布告してきただと？」

「なんで？　だってレガルニエルさんって、比較的穏健な魔王ですよね？　それに——ウィルフレッド達だって、今さらわざわざ魔王に挑む理由なんてないでしょうに」

今ソフィエルと顔を合わせたので、アマリエが会ったことのない魔王はレガルニエルだけということになる。

彼も新しく領地を継いだばかりで忙しいらしく、何度か城の菜園や果樹園の収穫物を送ったけれど、互いの訪問は控えているところだった。

「そうよ。だから、私もおかしいと思ったの。レガルニエルが恐怖を覚えても当然でしょ？彼が人と敵対しようとしないのは、魔王としては弱い部類に入るからだもの」

「……でも、どうしてレガルニエルさんを攻めるんです？　ウィルフレッド達は魔王セエレを倒して、ご褒美をいただいたはずですけど」

功績が認められたから、サウルの町で凱旋《がいせん》パレードを行っていたはずだ。

それぞれの願いも、きちんとかなえられるのだとあの時話していた。あの時のことを思い出して、アマリエの胸がちくりと痛む。

「たぶん、それだけでは不十分だったのではないかしら。ラウレッタ王女——ああ、あなたも事情は聞いているのよね？」

「ええ、まあ……聞いていないわけでは」

傾きかけた王家の威信を取り戻すため、王家は末の王女ラウレッタを『魔王を倒した聖女』として、民の前に出すことを決めた。

そのために本物の『聖女』であったアマリエは、魔王を退治したところで、命を奪われるはずだった。勇者達は、そうするように命じられていたのだ。

アマリエが死んだものと思い込んだ勇者一行があっさり引き上げてくれたので、なんとか生き延びることができたけれど。

「勇者が魔王を倒したことで、王家を支持する声がずいぶん大きくなったから、もう一度同じことをしようというのよ」

「ずいぶん図々しくないか？　アマリエがだめだと言うから、あいつらを殺すのはやめたんだぞ。今度こそ殺《や》ってやろうか」

「それは、だめです！」

勇者達の真意を知った時のことを思い出して憂鬱な表情になったら、ヴァラデルが険悪な目になった。

たぶんヴァラデルならやってやれないことはないのだろうけれど、そのせいで彼が傷つくのは嫌だ。勇者パーティーを相手にして、無傷ですむとも思えない。

「ヴァラデルさんが強いのはわかっています。でも、だめです。そんなの……」

「とにかく！　レガルニエルは、私達に救援を求めているのよ。だから、あなた行ってあげて？」

首をかしげてソフィエルが言う。

その様子を見ながら、美人は何をしても美人だとアマリエはつくづく感心した。

「ああ、俺のところにも今届いたな」

ひょいとヴァラデルの前に手紙が現れる。たぶん、彼の手元に後から届いたのは、先にソフィエルに送り、それからヴァラデルへの手紙を書いた時間差なんだろう。

「——俺が行くのはかまわないが、なんでお前は行かないんだ？」

険悪な表情のままヴァラデルが問いかけたら、ソフィエルはきゃっと可愛《かわい》らしく叫んで、両手を頬に当てた。

「だってぇ、今日は期待の新人、デレクが初めて舞台に立つんだもの。一番いい席から応援しなくちゃ。プレゼントもお花も買ってあるのよ？」

勇者が攻めてくるというのだから、魔族の存在があやうくなるというところだと思うけれど、こんな時でもソフィエルは観劇の方が大切らしい。

ある意味、肝がすわっているというかなんというか。そうでもなければ、魔王なんてやっていられないのかもしれないが思いきり力が抜けた。

「だが、しかし――」

「――とにかく、今回はお願いよ。この借りは今度返すから。お・ね・が・い！」

両手を合わせて、ソフィエルはヴァラデルを拝み倒す。拝みながら上半身を前に倒すので、目のやり場に困ってしまった。

魔族にも、拝むなんて風習があったのかなんて、感心している場合ではない。

「あの、ヴァラデルさん……私にも、お手伝いできることありますか？　あの、倒れてる魔族の方の手当てとか」

敵対心を持ってこちらに向かってくるのであれば倒さざるを得ないだろうけれど、むやみに攻撃してこない相手なら、まだ考慮の余地はあると思う。

「ああ、いや――そうだな。お前に来てもらった方が、話が早いかもしれないな。俺の治癒魔法では、人間には強力すぎて、肉体が崩壊なんてこともありえるからな」

肉体が崩壊とかなんとか、今、聞いてはいけない言葉が聞こえたような気がした。

「それはともかく、レガルニエルの城に飛ぶか。アマリエ、とりあえず掴まってろ」

以前、アマリエの故郷を訪れた時のようにアマリエを抱えあげ、ヴァラデルは手を振った。

行ってらっしゃいと、ひらひら手を振るソフィエルをその場に残して。

（……前来た時と、あまり変わらないかも）

ヴァラデルに連れられてレガルニエルの城を訪れたアマリエはそう思った。

城の主《あるじ》が変わったら、ちょっとは改装とかするのかななんてちょっと考えていたのに、黴《かび》の臭いと血の臭いがなくなった以外は、以前と同じようにじめじめしたままだ。

「そう言えば、今回は助けに行くんですね。私達が、前魔王を倒した時には、ヴァラデルさんもソフィエルさんも来てなかったですよね？」

「頼まれてないからな。他の魔王の領土に必要以上に干渉することはしない。セエレが援軍を求めていれば応じたかもしれないが、あいつは勇者と戦うことを望んでいたからな。あわよくば、そのまま人間界に攻め入るつもりだったはずだ」

セエレとの戦いを思い出して、アマリエはちょっぴりげんなりした。

あの時は、本当に大変だった。『身代わりの羽根』がなかったら、今、こうしてここを歩いていることはなかった。

そんなことを思いながら廊下を歩いていたら、ヴァラデルが顎をしゃくった。

「――勇者の気配だ」

「わかるんですか？」

ヴァラデルが宙をにらんでそうつぶやくから、アマリエはびっくりしてしまった。

勇者の気配――ということは、ウィルフレッドはもう奥まで攻め込んでしまったのだろうか。

互いの領分は犯さないという意味で、魔王達の城の内部に直接転移できるのは、その城を治めている魔王とその配下のものだけになるよう魔法が施されているそうだ。

そんなわけで、日頃はぽんぽんあちこち飛び回っているヴァラデルであるけれど、この日ばかりは城の正門から中に入らざるを得なかったのだ。

（……やっぱり、ヴァラデルさんのお城の方が好きかも）

なんて、考えていたのは一瞬のこと。倒れていた魔族に気がつき、アマリエは駆け寄った。

「大丈夫ですか？　治癒魔法《ヒール》をかけますね！」

アマリエが治癒魔法を使うと、相手は驚いたみたいに目を見開いた。人間が魔族に治癒魔法をかけるなんて思ってもいなかったのだろう。

「ヴァラデルさんと一緒に来ました！　あとは、逃げてください！」

魔王と一緒にここに来たアマリエは信じていい相手だったのかもしれない。無言のままぺこりと頭を下げて、急ぎ足にこの場を去る。

「……この奥の広間だな。レガルニエルのやつ、最後は勇者達と共に城を崩すつもりか」

そう言えば、前魔王のセエレが決戦の場と選んだのは、城から少し離れたところにある荒野だった。

彼からしたら、勇者一行には負けないという意思表示だったのかもしれない。勇者達に勝利をおさめた後、戻ってくる城がないというのは困るだろう。

「勇者の存在は感じ取れるのだが――ずいぶん、弱いな。これ、本当に勇者なのか？」

「ウィルフレッド以外に勇者がいるって聞いたことはないんですけど」

ヴァラデルが急ぎ足になるから、アマリエも走って彼のあとについていく。

足の長さが違うというのもあるのだろうけれど、ヴァラデルは急ぎながらも悠々と歩いているように見えるのに、アマリエは全力疾走だというのはなんだか理不尽だ。

「──追いついた！」

長い廊下を走り抜けた先にあったのは、広い部屋だった。ヴァラデルの城にある広間も広かったけれど、この部屋はさらに広い気がする。

そして、広間の向こう側にあるのは、金の枠組みに赤い布が張られた立派な椅子だった。王が座るべき場所ということなのだろう。

そして、そこに悠然と足を組んで座っているのは、アマリエが見たことのない青年だった。

ヴァラデルと比較すると明らかに線が細い。いや、人間の男性としても細身だ。軍人と言うよりは役人と言った方が近いかもしれない。

黒と銀で揃えられたの装束の上に流れ落ちるのは、見事な赤毛。緑色の瞳は、強い光を放っている。細身で小柄ではあったけれど、大変美しい青年だった。

そして、彼の前に倒れているのは四人──たぶん、彼らが勇者パーティーだ。顔は見えないけれど、一人を除いて彼らの装備に見覚えがある。

「お前から援軍を求める連絡が来たから、大急ぎで来て見れば、これはどういうことだ」

「さあ、どうだろう。彼ら、支援魔法もかけずに立ち向かってきたよ。前魔王と戦った時とは、別人みたいに動きが鈍かった」

レガルニエルは、ゆっくりと王座を降り、こちらに近寄ってくる。

彼から発揮される威圧感に、アマリエは一瞬足が震えた。

(そうよ、これが魔王というものだわ……)

ヴァラデルもソフィエルもアマリエに親しく接してくれるからうっかり忘れていたけれど、あの時のソフィエルは本気ではなかったのだとここで気づく。

「――こんにちは、美しいお嬢さん」

レガルニエルは、ヴァラデルのところまでくると、その横に立っているアマリエに向かって、丁寧に頭を下げた。

それから、彼の手の中にぽんっと薔薇《ばら》の花が生まれる。彼は膝をついたまま、アマリエの前にそれを差し出した。

「どうか、これを受け取ってください。今、部下から連絡が入りました――あなたに助けてもらったのだと」

「あの、これは――」

「受け取ってはいただけませんか。これは、僕の感謝の気持ちです」

「は、はぁ……」

目の前に薔薇を差し出されて困惑した。膝をついている相手をいつまでもこのままいさせていいんだろうか。

アマリエが完全に混乱していたら、不意に声が響いた。

「ア、アマリエ――なんで、お前がここにいる？」

倒れたまま、首だけこちらに向けたのはウィルフレッドだ。まだ、意識があったらしい。

「――うるさい、黙れ」

アマリエに薔薇を差し出した時の物腰の柔らかさはどこへやら。

レガルニエルは、ウィルフレッドのすぐ側に氷の矢を叩《たた》きつけた。

「ひぃっ！」

床に氷の矢が突き立った衝撃に、ウィルフレッドは情けない悲鳴を上げる。とにかく、レガルニエルをここにこのまま座らせておくわけにもいかない。

「あ、ありがとうございます……？」

とりあえず、薔薇を受け取ろうとしたら、それはすっと他の人の手によって取り上げられた。

「ヴァラデルさん、それ……」

「俺のアマリエに、花を贈ろうとはいい度胸だな、レガルニエル。そこの勇者ともども灰になるか？」

「ちょ、だめですよ！　それはっ！」

彼が右手を勇者一行とレガルニエルに向けたので、アマリエは慌てて彼の腕にぶら下がるみたいにして手を下ろさせた。

彼が本気を出したら、この城ぐらい一発で崩壊してしまう。

「あのですね、今、レガルニエルさんを倒してしまったら、この国はまた大騒ぎですよね？

大変なことになりますから、このあたりにしておきましょう」

「む、アマリエがそう言うのならしかたないな」

ヴァラデルが手を下ろしてくれて、アマリエはほっとした。それからくるりと元パーティーメンバーの方を振り返る。

（……怪我人《けがにん》を放っておくわけにもいかないものね）

彼らに対していろいろ思うところがないとは言わない。予定通りなら、アマリエはセエレを倒した後殺されていたはずだ。

――けれど。

少なくとも、アマリエは今生きてここにいるわけだし、いつまでもこのままここに転がしておくのも気が引けるというかなんというか。

（この人達を回復させたところで、この二人にかなうはずもないだろうし）

セエレより弱かったと言われるレガルニエルに対して、彼らは手も足も出ていなかった状況だ。

そこにヴァラデルもいるのだから、立ち上がった彼らが何かしようとしたところでかなうはずもない。

「今、手当てをしますね。魔王の城に乗り込むのに回復薬切れちゃったんですか？　ちゃんと魔力回復薬は持ってこないと……あれ？」

ウィルフレッドの側に膝をつき、治癒魔法をかけようとしたところで気がついた。

(なんで、支援魔法をかけてないの……?)

その疑問は、するりとアマリエの口を突いて出る。

「なんで、支援魔法をかけなかったんですか?」

「お、お前だってかけたことないだろ?」

「……かけてましたけど。攻撃力アップ、防御力アップ、敏捷性《びんしょう》アップ、状態異常抵抗アップ——あと、それぞれの属性の魔法に対する抵抗力も——フィーナさんにはおまけで、魔力アップの魔法もかけときました!」

「い、いつかけたっていうんだよ!」

ようやくここで会話に参加してきたのはエミルだ。

彼ご自慢の鎧《よろい》も、今は完全にぼろぼろになっている。

「たしかに、今回の魔王は前回の魔王とは比べ物にならないくらい強かったが、お前の支援魔法がなかったからじゃないぞ。今まで、お前がそんなものをかけたことは——」

「戦闘始まる前にかけてました。だって、戦闘始まってからかけても遅いでしょ? 私の支援魔法なら、数時間は続くし——歩きながら適当にかけてたから、皆さん気づいてなかったのかもしれないけど」

なにせ、何種類もの魔法をかけていたので、戦闘が始まってからでは間に合わない。それに、支援魔法くらいではたいした魔力の消費もないので、戦闘がない時でも適当に彼らにかけていた。

「いい加減なことを言わないで。支援魔法の持続時間はせいぜい一時間。だから、戦闘の始まりと同時にかけるのが常識だわ」

ぼろぼろの身体をゆっくりと起こしたのは、ラウレッタだ。アマリエがとても美人だと感心した美貌も、今はぼろぼろになってしまっている。

「それに、一度にそんなにたくさんの支援魔法をかけられるはずもない——嘘《うそ》をつかないで」

フィーナも参戦してくる。彼女の魔法も、魔王には通じなかったのだろうか。レガルニエルは、セエレと比べると弱いと聞いていたけれど。

(……たしかに、皆には伝えていなかったんだけど……)

彼らに、アマリエの存在が、そんなにも軽んじられているとは思わなかった。

戦闘中の回復と雑用以外、アマリエだって懸命にパーティーに尽くしてきたのに——。

また、仲間ではなかったのだということを改めて突き付けられたような気がして落ち込んだ。

「あー、だからか!」

不意にぱちりと手を打ち合わせて叫んだのは、レガルニエルだった。

「いやね、僕も戦っておいて、なんなんだけどー。君達、前回セエレ様を倒しに来た時より弱かったんだわ。特に勇者。アマリエの支援魔法がなかったからなんだね」

「でも、支援魔法の持続時間もおかしいし、重ねがけできるなんて、彼女の言うことは信じられないわ!」

きんきんと響く声でわめいたのはラウレッタ。今の聖女が自分だという自信があるのかもしれない。

「――だから、『聖女』なんだろ？　普通では考えられないようなことをやすやすと実現するんだから。それは『勇者』も同じだよね。回復魔法しか使えない者はただの『神官』だ」

レガルニエルに事実を突き付けられ、勇者達は完全に沈黙してしまう。そんな彼らに向かって、さらにレガルニエルは信じられないような言葉を叩きつけた。

「まあ、僕としては人間界に攻め入るつもりはないんだよ。セエレ様が亡くなった後、領土を統治するので精いっぱいでね。だから、ここで手打ちにしないか。君達をここから無事に帰してやる――その代わり、二度とここに立ち入るな。次にここに来た時には殺す。全員殺す。死体が残らないまで焼き尽くす」

ヴァラデルは納得できないみたいだった。

「『俺の』アマリエを、あいつらいいように扱ったんだぞ。今すぐ殺しておいた方が、あとが楽だろう」

「俺のって言われても！」

どさくさ紛れに、ヴァラデルがアマリエの所有権を主張する。皆の前でそんな風に言われるなんて思ってなくて、アマリエは真っ赤になってしまった。

「悪いんだけど、ここは僕の城なんだよね。他の魔王の城内での出来事に君が口を出すのは反則じゃないかな」

「救援を求めてきたのはお前だろう！」

「──だって、勇者達がここまで弱いと思わなかったんだもーん。アマリエの支援魔法がないと、こいつらがここまで弱くなるって知ってたら頼まなかったよ？」

弱い弱いと言われて、ウィルフレッド達は顔をしかめたが、魔王二人は彼らのことなどまったく気にしていないみたいだ。

「……僕から救援を求めたのも本当のことだけど、今回は譲ってもらえないかな……？　ほら、僕魔王になったばかりだからさぁ、部下達もなかなか言うこと聞いてくれなくて」

「……そうだな。ここで俺がお前の意思を尊重しないのもまずいか」

だが、まだ魔王になったばかりと言っても、ここはレガルニエルの城だ。彼の言うことに従わなければ、何があるかわからない。

「──あの、お帰り前に手当てだけさせてもらっても……？」

こわごわとアマリエが口を挟む。

レガルニエルはアマリエの方を振り返った。彼の顔に浮かんでいるのは、勇者達に向けたのとはまるで違う穏やかな笑み。

「まあいいけど、ここから離れたところにしてもらえるかな？　この勇者に、いきなり首を切られるという事態が発生するのは避けたいからね」

軽く肩をすくめて、レガルニエルは、宙に溶けるみたいに姿を消す。アマリエは、今の今まで彼がいた空間を呆然《ぼうぜん》と見つめた。

（本当に、魔王なんだ……）

三人の魔王は、いずれも――アマリエの想像していた魔王とは異なっていた。人の国にいちいち攻め入ることはしない。それどころか、人が作った創作物をこよなく愛している。

今日だって、ここでの戦いより趣味を優先するようなところもあって。

「どうする？　俺はどちらでもかまわんのだがな。だが、次にレガルニエルの領土に入ってみろ。俺も、彼に協力するぞ」

ウィルフレッドの胸倉をつかみ上げて、ヴァラデルが宣言する。

「あ、あ、あ。ヴァラデルさん、そのくらいで……とにかく、人間の世界に返してあげましょう」

レガルニエルの城を出て、人間界との境界線までヴァラデルは四人を引っ張るみたいにして連れて行ってくれた。

レガルニエルの城から十分に離れたところで、アマリエは彼らの傷を治してやる。それから、彼らの持ち物も全部返してあげた。

「――もうこちらには来ないでください。少なくとも、今の魔王達は境界線さえ越えなければ、人間に害をなすつもりはないから」

四人に次から次へと治癒魔法をかけながら、アマリエはそう言ったけれど、アマリエの言いたいことが彼らに伝わっているのかどうかについてはちょっと自信がなかった。

第六章　お芝居はほどほどでお願いしたいものです

今日は診療所の手伝いがなかったので、アマリエは厨房《ちゅうぼう》でお菓子を作っていた。

朝からイチゴのタルトとチーズケーキを作り、ナッツとレーズンを入れたクッキーも焼いて、今はヴァラデルが一番気に入ってくれているチョコレートのパウンドケーキを焼いているところだ。

この厨房には何台もオーブンがあるので、次から次へと焼けるのがありがたい。

大量にお菓子を作っているのは、ヴァラデルのためだけではなく、この城で働いている家妖精達に食べてもらうため。ティカを筆頭に、皆甘いお菓子が大好きなのだ。

最後に焼きあがったパウンドケーキをオーブンから出したところで、ティカがちょこちょこと近寄ってきた。

「アマリエ様、ソフィエル様がお見えになったです！」

「ほんと？　じゃあ、お茶の用意をした方がいいのかしら。ちょっと聞いてくるわね」

たぶん、そのあたりにいる家妖精達に頼めば誰か聞いてきてくれるだろうけれど、アマリエは自分で身体を動かす方を好む。

ぱたぱたと玄関ホールの方に小走りに向かったら、アマリエに気づいたソフィエルがヴァラデルの肩越しにこちらに手をひらひらと振ってきた。

「ごめんー、来ちゃった」

「来ちゃった、じゃないだろ。お前、何しに来た?」

悪びれない笑顔のソフィエルは、青いドレスを身に着けている。

先日、この城を訪れた時と同じように、彼女のドレスは身体の線をくっきりと浮かび上がらせていた。

胸元には、ダイヤモンドと思われる豪華な宝石が煌《きら》めき、長い髪は、今日は高々と頭の上に積み上げるみたいにして結っている。その髪にもたくさんのダイヤモンドを煌めかせていた。

「えー、だって、サラの新しい舞台、観たいでしょ? ボックス、取れたんだけどなー。私のお願い聞いてくれたら、チケットあげてもいいんだけど」

豊満な乳房を揺らすようにして、ソフィエルはヴァラデルにすり寄った。

話しかける隙もなく、アマリエはその光景を呆然と見ている。

――嫌だ。

不意に自分の胸に込み上げてきた感情に、一番戸惑ったのはアマリエだったのかもしれない。

ヴァラデルに他の女性が近づいているというのを、今まで目の当たりにしたことなんてなかった。実際その現場を見ると、胸のあたりが苦しいくらいに熱くなる。

「お前がそうやって俺の前に餌を出す時は、ろくなことがないんだ――アマリエ、ほら、行くぞ」

「――はい？」

行くぞと言われても、どこにだろう。勢いよくアマリエの方に歩み寄ってきたヴァラデルは、ぐっとアマリエの腕を摑んだ。

「行くぞって？　ええと、ソフィエルさんはどうします……？」

「えー、いいじゃない？　ドレス着せたいんだもの！」

反対側の腕がソフィエルに摑まれた。

ちょっと待て。

なぜ、ソフィエルもアマリエの腕を引っ張っているのかがアマリエには理解できない。アマリエを挟むみたいにして、ヴァラデルとソフィエルがぽんぽんと言葉を交わす。

「お前みたいな露出過多のドレスをアマリエに着せるわけないだろう！」

ぐいっと腕を引っ張られたかと思ったら、ソフィエルに摑まれた方の腕がすぽんと抜けた。ヴァラデルの腕の中に抱え込まれ、おまけに大きな手で目まで塞がれてしまって、ソフィエルの顔を見ることができない。

「えー、せっかく聖女のドレスを作ったのに！　この間の新作で評判だったドレスと同じなのに！」

「あのぅ……」

抱え込まれたヴァラデルの腕の中から、アマリエは恐る恐る右手を上げた。目を彼の手で塞がれたままだったから、二人の顔を見ることはできなかったけれど。

「ソフィエルさん、何をしにいらっしゃったのでしょう？」

「私、あなたにドレスを持ってきたの。絶対似合うから、着てみない？　減るものじゃないし」

「いらん。お前に見せたら減るに決まっている——ちょっと着せるだけとか言って、アマリエをお持ち帰りするつもりだろう」

「ばれた！　うちの城の面々もアマリエちゃんに会いたがってるし、ちょっとくらい、いいかなと思って」

「いいわけない！」

お持ち帰りってどういうことだ。

けれど、アマリエには口を挟む自由は与えられないみたいで、二人の間をぽんぽんと言葉が行きかうのを聞いているだけ。

これ以上、この場で争っていてもしかたないと思ったのかもしれない。最初に白旗を挙げたのはソフィエルだった。

「この間、借り作ってしまったからいいわ。もともとドレスはあげるつもりだったし。それより、お茶飲ませてくれない？　急いで来たから、喉渇いちゃった」

「お前、本当に図々しいな……」

ヴァラデルもそう言ったものの、このあたりでおさめることにしたみたいだ。ようやくアマリエは彼の腕から解放される。

庭にテーブルと椅子を用意し、朝から仕込んでいたイチゴのタルトとチーズケーキ、それから焼きあがったばかりのクッキーでお茶にすることになった。

「そうそう、この間のことだけれど、レガルニエルがお礼を言っていたわよ。これ、ヴァラデルにって――」

「礼なぞいらん。それより、さっさと帰れ」

ソフィエルがテーブルの上に置いたのは、黒い石だ。キラキラと輝いているけれど、アマリエはこんな石を見たことはなかった。人間界に存在する宝石とはちょっと違う気がする。

「んまあ、冷たい！　せっかく魔王なのに。仲間なのに」

「誰が仲間だ！」

のほほんと微笑むソフィエルに向かって、ヴァラデルが吠《ほ》えた。

(本当、この二人は仲がよさそうに見える)

アマリエの目の前でぽんぽんとやり取りしている二人はとても楽しそうだ。

「――ああ、これ、魔石だからいろいろと使えると思うわよ。今のところ、このくらいしかお礼ができなくて申し訳ないって」

「礼のことより、自分ことを先に考えればいいんだ。セエレの跡を継いだんじゃ大変だろう。あそこは、好戦的なやつが多いからな。レガルニエルはまだ若い。やつらを抑えるのに苦労するだろう」

（……やっぱり、優しい）

礼なんていらないと言ったのは、レガルニエルを思いやってのことだったようだ。ヴァラデルの様子をちらっとうかがって、アマリエは小さく微笑む。

ヴァラデルとソフィエルの会話は、それぞれの地を治める者同士の会話であったから、今はアマリエが口を挟むべきところではなかった。

「それは、それ。これは、これよ――この間の件だけじゃなくて、食料援助もしたんでしょ？」

「アマリエの功績だ。うちの城に成長促進魔法を使えるやつはいないからな」

二人のカップが空になっているのに気づいて、アマリエが新しいお茶をいれたあたりで、話題は友人同士へのものへと変わっていた。

「デレクだかデニスだかの芝居はどうだったんだ？」

「デレクよ、デレク。素敵だったわよー。あんまり素敵だったから、お財布ごと貢いできちゃった。金貨三十枚くらいは入ってたかしら」

きゃあっと両手で頬を押さえて恥じらって見せるけれど、金貨三十枚と言えば、庶民なら一家四人が数年生活できるくらいの金額だ。

そんな金額をぽいっと与えられて、人生変わってしまったりしないんだろうか。話を聞いて不安になった。

「――そいつが道を踏み外したらどうするんだ。劇場に通って地道にポストカードでも買ってやれ。その方が安定した収入になるだろう」

（なんだか、とても地道な応援の仕方だわ……）

アマリエにあれだけいろいろ贈り物をしてくれたヴァラデルなら、大量に貢ぐものだと思っていた。ソフィエルは肩をすくめた。

「そのくらいで道踏み外すほど馬鹿な子じゃないわよ。今まで、何人のパトロンになったと思ってるの？」

「そうだったな。人の生きざま――というか、人間を見ているのが好きなんだろ」

アマリエの隣席にいるヴァラデルは、片手でずっとアマリエの手を握りしめている。これはこれでどうなんだろうと思わざるを得ない。

「それはあなたも同じよね。私達とは生きている時間が違うから興味深いわ。うん、このクッキーおいしいわ」

「よかった。私の焼いたクッキーなんです。ヴァラデルさんもソフィエルさんも舌が肥えているから、ちょっと心配だったんですけど」

「たしかに舌は肥えているかもね？　でも、私はあなたの焼いたお菓子も好きよ。とっても優しい味がするもの。お茶も香りがよくて、とてもおいしい」

こちらを見る彼女の目には、慈愛に似たものが浮かんでいた。

慈愛？　魔王相手に慈愛という言葉でいいんだろうか。でも、それ以外に適切な言葉を見つけ出すことはできなかった。

（このお城にいるのはいい人ばかり。そして――ソフィエルさんもいい人だわ）

アマリエの焼いたお菓子を誉めてくれる。お茶を誉めてくれる。

たいしたことしていないのに誉められて、むずがゆいような気がしてくる。

「そうそう、帰る前に忘れずこれを渡しておかなくちゃ。これを着たら、ヴァラデルもきっと喜ぶわよ?」

「な、なんでしょう……?」

アマリエに差し出されたのは、大きな白い箱だった。ピンクのリボンが巻かれている。

「こら、アマリエに妙なものを渡すんじゃない。いらんと言っただろうに」

「いいじゃないの一。今一番人気の聖女ものと同じ衣装よ? うちの家妖精に仕立てさせたの。似合うと思うわ」

「聖女ものってなんでしょう?」

ソフィエルの説明によれば、勇者パーティーを題材とした演劇は非常に人気があるらしい。

その中でも、今一番人気なのは聖女を主人公としたものだそうで、それを『聖女もの』と呼ぶのだとか。

勇者が主人公なら『勇者もの』、戦士が主人公なら『戦士もの』と呼ばれる。『魔法使いもの』の場合、長年修行してきた魔法使いが、若く美しい姿を取り戻すところから始まるのが今の流行なのだとか。

「そ、そうなんですね……」

いいなぁ、と素直に思う。サウルの町に行ったことはあるけれど、前回は芝居を観そびれてしまった。

お茶の時間を過ごして一度立ち去りかけたソフィエルであったけれど、アマリエの側にすっと寄ってささやいた。

「その服、下着は着ないで身に着けた方がいいわよ？」

下着は着ない方がいいって、どういう意味だろう。首をかしげたけれど、彼女は詳しい説明はしてくれなかった。またね、と手を振ったかと思ったらするっと姿を消してしまう。

本当に、アマリエにこの箱を渡すためだけに来たようだ。箱を抱え、アマリエは呆然とつぶやいた。

「ソフィエルさんって、嵐のような人ですねぇ……」

「――それ、どうするんだ？」

「ティカに手を貸してもらって着てみますね」

せっかく贈ってくれたドレスだし、ヴァラデルが喜ぶとソフィエルが言ったのなら――一度袖を通してみたくなった。

自分の部屋に戻り、ソフィエルがくれた『聖女のドレス』を広げてアマリエは目を瞬かせた。

たしかに、素敵なドレスではあるけれど。

「うーん、これって……私に着られるのかしら……？」

ない、これはない。

たしかに舞台上ではこのドレスはさぞかし見栄えが良いのだろうけれど、これは実用的とは対極に位置するものだ。

こんな薄くてひらひらしたドレスを着て旅をするなんて考えられない。

真っ白なドレスは、余計な飾りはついておらず、上質な布地だけが放つ光沢を持っている。

最高級のシルクだけが持つ滑らかな肌触りがとても心地よくて、思わずアマリエの手も遠慮なく布の上を撫《な》でた。

「とっても綺麗ですねぇ……この縫製技術、だいぶ妬《や》けるのですよ。ソフィエル様の城の家妖精は腕がいいと聞きましたが……」

裁縫の得意なティカが、じぃっとドレスをにらみつけた。よほどの技術を持った職人が作ったということなんだろう。

「アマリエ様、着ましょう！　似合います、絶対に似合います」

「そ、そうかしら……？」

せっかくなので、ティカに手伝ってもらって、そのドレスを身に着ける。

だが、着替えを終えたところで、アマリエは真っ赤になってしまった。

(――これはちょっとおかしいと思うのよ！)

広げた時にも露出度が高いとは思ったのだ。だが、ここまでとは思わなかった。

鏡の前で自分の姿を見てみれば、深く切り込んだ胸元はみぞおちのあたりまで大きく開いている。下着をつけていないから、このままでは、胸が丸見えになってしまいそうだ。

帰り際にささやいたソフィエル曰《いわ》く、下着をつけずに着るドレスだという話だったけれど、いくらなんでもこれは開き過ぎだと思う。

ドレス自体は少し古風な仕立てで、今流行しているようなフリルやレースをたっぷり使ってふわっとさせたスカートではなく、細身の仕立てのものだ。

身体の周囲にぐるりと巻き付けたように仕立てられているスカートは、上の部分が優雅なドレープを描くように綿密に計算されているみたいだ。

スカートの裾には、銀糸の刺繍《ししゅう》が施され、同じ刺繍の施された帯を、後ろで複雑な形に結ぶ。

「……とっても、お綺麗ですねぇ……似合うと思ったのです。ティカの想像通りです」

帯を結び終えて満足げなティカがぱちぱちと手を叩く。

(ドレスは……とても、綺麗だとは思うけれど)

どこでどうやって採寸したのか、ドレスはアマリエの身体にぴったりだった。いつもより少しスタイルがよく見えるかもしれない。

鏡の前でしみじみと自分の姿を見つめた。

こんな薄い格好では、旅をする間耐えられるはずもない。

これをヴァラデルに見せたら、なんて言われるんだろうか。あまりに合ってないから、見せない方が無難な気がする。

せっかくこれをくれたソフィエルには申し訳ないけれど、これはクローゼットの奥にしまっておこう。

「ティカ、やっぱりこれは脱ぎましょう。帯を解いてくれる?」

「――これは、素晴らしい聖女だな！」

ため息をついて、ドレスを脱ごうとした時、ヴァラデルの声がしてアマリエは凍り付いた。

「な、なに言ってるんですか！　見ないでください！　だいたい、ここは私の部屋で――勝手に入ってきては……きゃあっ！」

強く抱きしめられて、息が止まりそうになる。

彼が何をこんなに喜んでいるのかがわからなかった。

「本当に、素晴らしいな。こんな服が流行《はや》るとは――しばらく、サウルに行かなかったのは、失敗だった。ティカ、呼ぶまで下がっってていいぞ」

「かしこまりましたぁっ！」

「失敗……って……？」

さっさとティカを下がらせてしまったヴァラデルに、嫌な予感にかられながらもたずねてみる。けれど、相手はにやりとしただけだった。

そして、ひょいと持ち上げられたかと思ったら、そのままベッドに放り出される。身体の下でスライムがぽよんと跳ねて、アマリエは慌てて身を起こした。

「こんなドレス、舞台だから映えるんですよ！　私なんて、前魔王の城に行った時には、こんな格好していませんでしたからね！」

旅をしていた間、アマリエが身に着けていたのは、丈夫なシャツとパンツ。それから防寒用の上着。顔を見せないためにフード付きのマントを着て、街中ではフードを深くかぶっていた。

足元はこんな華奢《きゃしゃ》な靴ではなく、いざという時は敵を蹴り飛ばせるように、つま先と踵《かかと》に薄く銅板を仕込んだ頑丈なブーツだった。

「そんなことわかっているさ——ん、いい眺めだな」

「ど、どこ見て！　どこ見て言ってるんですか、そんなこと！」

ヴァラデルの目が、アマリエの胸元に集中する。何度も彼とは夜を一緒に過ごしているので、こういう目をする時の彼が非常に危険だということはもうわかっていた。

「だめです！　だめですからね！」

慌てて両手で胸元を覆う。

こういう時、ヴァラデルに真面目に取り合うと、大変な目に遭わされるのだ。

彼の目には早くも欲情の色が浮かんでいて、我知らずごくりと息を呑む。

それをごまかすみたいに慌ててベッドから飛び降りようとしたアマリエは、自分が大変な過ちを犯したことに気づいていなかった。

「ほー、お前は俺に逆らうと」

「さ、逆らうって！　人聞きが悪いです……私は、ただ」

そこまで口にしてアマリエは困惑した。

誰かに腕を引かれている。

けれど、ヴァラデルはアマリエの前にいるし、彼の両手は胸の前で組まれている。

では、この手はいったい誰のものなのだろう。

背後を振り返り、アマリエは悲鳴を上げた。

「なっ、なっ……！」

今の今まですっかり忘れていた。そう、アマリエがこの部屋で使っていたベッドは、スライムベッド。

ヴァラデルの説明によれば、彼の魔力によって作られたスライム、三百年物。骨格を持たず、自由に形を変えられるのが特徴だ。

そのスライムが変形して、触手のようなものを伸ばし、それでアマリエの腕を背後に引いていたのだ。

「待って、ヴァラデルさん――これって！」

勢いよく後ろに引き倒された。天井を見上げ、身体を凍り付かせる。

「これって、どういう……きゃあぁぁっ」

ベッドに倒れ込んだアマリエの両腕が、両方頭上へと持ち上げられた。まるで、万歳しているみたいな姿勢になって、逃げ出すことができなくなる。

ヴァラデルは、アマリエの方へ身を乗り出す。彼の手にはいつの間にか開かれた本があった。

普通に本屋で売られているのとは違う――妙にざらざらした紙に印刷されているようだ。

「――ふむ。この状況はなかなか悪くない」

「な、何がなかなか悪くないですか！　もう、悪ふざけしていないで手を離してくださいよっ！」

スライムはとても柔らかいから、手を拘束されたところでアマリエが痛みを覚えるということはない。

　それにスライムの方も限度というものを心得ているらしくて、アマリエの手を解放しないように、それでいながら逃げられないように絶妙の力加減で抑え込んでくる。

「――ほら」

「ちょ、そんなもの見せないでください！」

　目の前に突き付けられた本から、アマリエは視線をそらして叫んだ。

　だって、彼がこちらに向けたのは――ぬるぬるとしたものを身体中に這《は》わされた女性の絵だったのだ。

「なんなんですか、その本！」

「裏本、だな――世間には見せられないようなものをごく少数刷って、同好の士だけで楽しむものらしいぞ」

　そんなことを言われても。というか、そんなものまで持っていたのか。というかどこで手に入れたのだ。

「俺がこれを入手したのは――サウルの町だったな」

「今、この状況でそんなこと語らないでくださいっ！」

「魔王に犯される聖女というのは、なかなか人気設定だぞ。一度、実際に見てみたかった」

「だからって！　私を拘束する必要ないですよね？」

いや、彼が趣味人なのは知っていたけれど、それをまさかアマリエで実現しようとするとは思ってもいなかった。

「ソフィエルさんだって、こういう使い方は想定していなかったと思いますっ！」

聖女のドレスを持ってきてくれたのは、こういう使い方をするためではないと思う——たぶん。

ヴァラデルが喜ぶと言っていたことを考えあわせると、こういう使い方を想定していたとしても驚かないが、さすがにこの状況は困る。

「——いや、悪くない。実際に——うん、ムラムラくるな」

「無駄にそこで魔王の存在感を発揮しないでください！　目が金色になってますよっ」

まだ自由な脚をばたばたさせて、抵抗してみる。

だが、ヴァラデルには、それも通じていないみたいだった。スライムベッドに彼が乗り上げてきて、わずかにスライムがへこむ。

「——アマリエ」

低い声で名を呼ばれ、思わず背筋がぞくりとした。

そんな目で、見ないでほしい。

吸い込まれそうになって、今、自分が置かれている状況が非常に危険なものであることを思い出す。

「……いや。やめてください……」

拘束された腕ではさほど逃げられたというわけでもないけれど、少しでも距離をあけようと、端の方へ身体を引きずるみたいにして逃げる。それもほんの少しだけ。わずかに空いた距離を彼はすぐに詰めてきた。

「……ぁ」

手を伸ばしてきた彼に顎をとらえられ、正面から瞳を覗き込まれる。

まるで、獲物を見る目だ。

彼とは今までに何度も肌を重ねてきたけれど、こんな目で見られたことはなかった。背筋をぞくぞくと這い上ってくるのは、恐怖なのか期待なのかアマリエにもわからない。

圧倒的な力の前に放り出されて、自分は無力なのだと思い知らされる。

「お、お願い……」

震える声で懇願した。自分が何を懇願しているのかもわからない。目をそらすべきだ。このままでは彼に取り込まれてしまう。

——それなのに。

せわしなく瞬きを繰り返すものの、視線を外すことはできなかった。浅くなった呼吸に、胸が激しく上下する。

「俺に抱かれるのは、嫌ではないのだろう?」

問われて首を横に振った。

彼に抱かれるのは嫌ではない。けれど、こんな風に腕を拘束されるのは嫌だ。

やめてともう一度つぶやいたけれど、彼はアマリエを離してくれるつもりはなさそうだった。

「――あっ」

さらに新しい触手が生まれて、アマリエの身体に忍び寄ってくる。

「……だめ」

そう拒む声は、自分でも驚くくらい情けないものだった。左右の脚にも一本ずつ柔らかなものが巻き付く。脚に絡みついたそれが、膝を伸ばした足を大きく左右に開いた。

「やっ……ん、ん、んんんっ」

表面はさらりと乾いているのに、指でも舌でもない、弾力があって柔らかい触感。つま先をもぞもぞさせるけれど、逃げることはできない。

にやりとしたヴァラデルに、へそのあたりをくすぐられて、意図せず肩が跳ね上がる。

「やっ――ドレス、皺になって――」

「大丈夫だ。そんなもの――すぐに戻せる」

たしかに彼なら指を鳴らすだけで元に戻してしまうのだろうが、そういう問題じゃない！

けれど、反抗する言葉は、彼の指によって封じされた。

脇から顔を覗き込んでくる彼は、親指でアマリエの唇をなぞってくる。顔を見られているという羞恥に、頭の中がくらくらしてきて、抵抗できなくなる。

「――や、だ……」

じわりと涙がにじむ。

「悪くないぞ？　俺の感覚も、このスライムに同調させている。お前に巻き付くのも悪くないな」

巻き付くのも悪くないって、どういう感覚だ。

だが、それはアマリエには絶対理解できない感覚だろう。ヴァラデルと同じことができるとも思えない。

「し、知りませ――あんっ！」

反抗しようとしたら、無造作に口内に指が突っ込まれた。

舌の表面を爪の先でひっかくようにされて、くぐもった声が漏れる。

嫌だ――と思う反面、受け入れたいとも思うのだから、自分でも不思議だ。

「――たまには、服を着たままというのもいいな。色っぽいぞ、アマリエ」

爪の先で、すぅっと首筋をひっかくみたいになぞられた。軽い痛みと、それを上回る快感。

いけないと思えば思うほど、はしたない悦《よろこ》びがせりあがってきて、その先をねだるみたいに甘えた声を漏らしてしまう。

「聖女――と言えど、ただの女と言うことか。魔王に犯される気分はどうだ？」

くくっと喉の奥で笑う彼は、完全にこの状況を楽しんでいるようだった。

（この人、完全に芝居の中の魔王になり切っている！）

どうだと聞かれても。

口を塞がれているので、答えようもない。

「んー、んんんっ！」

けれど——身体の奥の方から生まれてくる淫らな喜悦は否定できない。『彼』ではないものに触れられているのに、『彼』に触れられているのと同じくらい感じてしまう。

慎みを忘れて腰をくねらせかけるのを、首を振って懸命にこらえる。

だって、こんなの間違ってる——と思うのに、彼の思うままにされてしまいそうだ。

「ふぅ……ん、んむぅ……」

口内に差し込まれる指が数を増やす。

まるで口の中を犯しているみたいに、指が抜き差しされた。口蓋を爪の先がくすぐり、頬の内側を撫でられ、唾液を混ぜ合わせようとしているみたいに口の中をぐちゃぐちゃにかき混ぜられて淫らな水音が上がる。

「どうした？　ずいぶん艶っぽい顔になってきたぞ」

「んむぅっ！」

からかうみたいな口調で言われて、頬が真っ赤に染まる。まだ、衣服をはだけられていないのだけが救いだ。

二本の指で舌が引っ張られて鈍い痛みが広がった。けれど、それは一瞬のこと。すぐに舌は解放されて、あとに残されたのは鈍い快感。

アマリエの息は完全に乱れてしまっていて、抵抗の余地なんてないのだと相手に告げてしまっている。

まだ触れられていないのに、胸の頂はすでに硬く尖《とが》っている。柔らかなドレスとその場所が触れ合う度に、じくじくと疼《うず》いて、下腹部が熱を集め始める。

「ああ、こちらが不満だったか」

口内を犯していない方の手が、無造作に乳房に触れた。大きな手が、柔らかな肉をこね回す。揉《も》みくちゃにされて、乳房全体が蕩《とろ》けそうに熱くなった。

首を振って快感を逃そうとするものの、口の中には彼の指が押し込まれている。顔を横に向けようとすると、すぐに顔ごと引き戻された。

「んんんっ！」

布の上から乳首をピンと弾《はじ》かれ、疼痛《とうつう》がじんじんと胸の奥まで染みてきた。それは、あっという間に快感に変化して、ますます下腹部が熱を帯びる。

ヴァラデルが、『魔王』としてこちらを見ているから、アマリエもまた彼の雰囲気に呑み込まれそうになっていた。

「んんーっ……」

鼻から息を逃がし、触れられている肌から意識をそらそうとする。

大きく開いた胸元から、彼の手が中に潜り込んでくる。大きな手のひらが、容赦なく乳首を擦《こす》り上げた。

かっと身体中が熱くなり、神経の隅々までが痺《しび》れていく。まるで、本当に汚されようとしているみたいで、その淫らな痺れから逃れようと、ベッドに絡め取られたままの手足を伸ばしては、弛緩《しかん》させることを繰り返した。

目元が熱くなったかと思ったら、こらえきれない肉悦が目から涙となって零《こぼ》れ落ちる。

「――そうか、そんなに嫌か」

まだ、飽きることなく口内を指で探りながら彼が笑う。そうしながら彼は、アマリエの全身に視線を這わせた。

頭の先から足の先まで、視線で犯されて背筋が震える。いつもとは違う背徳感が、見られるだけで情欲をかきたてるのだろうか。

ヴァラデルに触れられるのが嫌というわけではない。いつもと違う感覚に、身体も気持ちもついてこないだけ。

その証拠に、触れられている場所すべてが燃えているみたいに熱くなっていて、言葉にはできなくても身体はもっと深い悦楽を望んでしまっている。

「んぁぁぁぁんっ！」

指が引き抜かれたとたん、部屋中に甘ったるい声を響かせてしまった。

嫌だと思う反面、どろりとした快感に身体が溺れ始めている。

頭を振って、彼の手から顔を解放させたら、ぐっと上半身を持ち上げられた。柔らかなベッドに、今度は膝をついた姿勢で拘束される。

腕は後ろに大きく引かれて、まるで天使の翼のように空中で固定された。

「やっ……、これ、いやっ」

思わず下を見て、悲鳴を上げてしまう。

胸元を大きく開かれたドレスは、いつの間にか肩からずり下ろされて、肘のところで半端にひっかかっている。腕を後ろに引かれて胸を突き出すような体勢を取らされているから、アマリエが身を捩《よじ》るのにつれて乳房が揺れるのが丸見えだ。

「なっ……何を……！」

羞恥で頬が焼ける。いくら何でもこの状況はどうなのだろう。身体を捩って、少しでも彼の目から身体を隠そうとするけれど、それは逆に彼を喜ばせるだけ。

「油断していていいのか？　ほら、足元がお留守になってるぞ」

「お、お留守って……こ、この状況でどうしろと……んんっ」

反論しかけたところで、耳を齧られ、反論は途中でかき消された。耳朶《じだ》に舌を這わされ、彼の手によってスカートが捲《まく》り上げられる。

もう片方の手は、飽くことなく乳房を捏《こ》ねまわしていた。完全に硬くなっている頂を指先で摘《つ》ままれ捻《ひね》られて、甘ったるい愉悦が下腹部へと流れ落ちる。

「ひうっ……んんっ……あっ……あぁぁっ」

思わせぶりに内腿を上から下へと撫でる手。もう少しで秘部に届くというのに、すっとその場から再び離れてしまう。

物足りなさそうな声が、アマリエの口から零れ落ちた。

「――ほら、お前だって感じてる。『魔王』に触れられる気分はどうだ？」

懸命に内腿を擦り合わせようとするけれど、両膝をしっかりと固定されているので、それもまた無駄な努力だった。

隠したい場所を隠せない、身体が自由にならない。その事実が、よりアマリエの快感を煽《あお》る。

下着越しに秘部に触れられて、呼応するみたいに肩が跳ねた。薄布を押し込めるように捏ねられて、じわりと蜜が滲《にじ》みだす。

「ば――馬鹿、知らないっ！」

日頃、彼に対して馬鹿なんて口にしたことはない。けれど、せっかくのソフィエルの贈り物をこんな風に使わなくてもいいではないか。

腰を前後に揺すって逃れようとするけれど、逃れられるはずもなく、逆に自分から感じる場所を指に擦りつけるみたいな動きになってしまう。

「――馬鹿と言ったな？」

ヴァラデルが眉間に皺を寄せる。しまったと思う間もなく、次の瞬間、そんな言葉を使ったことを後悔させられた。

「あぁぁぁっ！」

高い声を上げて、拘束された不自由な身体をしならせた。

器用に下着の紐《ひも》を解いた手が、縁から中に入り込んでくる。直接濡《ぬ》れた花弁を捏ねられ、ついでみたいに敏感な芽をくすぐられて、鋭い悦楽が走り、瞼《まぶた》の裏に白い閃光《せんこう》が走る。

「んあああ、あぁぁぁっ！」

くねらせるつもりはないのに腰がくねり、その動きにつられて乳房が揺れる。下着の中からぐちゅぐちゅと聞こえてくる音が、ますますアマリエを感じいらせる。

淫熱にアマリエの肌が火照り、身体の奥底から、すさまじい喜悦が溢れ出しそうな感覚にさいなまれ始める。

腰を揺らし、少しでも感じる場所を刺激しようとする。

いつの間にか彼の手は動きを止めていたけれど、濡れた花弁を擦りつけるように腰を上下させた。

ふっと目を開けば、正面にあるのは口角を上げてこちらを見ている彼の顔。

「俺は指を動かしてはいないぞ?」

「んぅぅ……だって、止まらない……から……!」

自分で腰をくねらせている姿を見られている。

止まらない。恥ずかしいと思っているのに止められない。

「やぁぁっ……見ないで、見ないで……」

目から涙が零れるのを、彼の指がそっと拭う。こんなことをしているのに、彼の手は妙に優しかった。

「も、やっ……いやっ……あぁ……ん、あぁぁっ!」

びくびくと痙攣《けいれん》しながら、アマリエは絶頂に達した。身体中から汗がどっと噴き出して、唇からはけたたましいくらいの声が上がる。

それでも、相手の方は容赦ない。快感に浸る余裕もなく、また淫核を揺さぶられた。

「ひぅっ……ん……あっ、あぁんっ」

今まで表面をなぞられているだけだった花弁がぐちゅりと開かれる。一気に奥まで指が突き立てられた。

中をぐちゅぐちゅとかき混ぜながら、指の根元で円を描くみたいにして淫芽を刺激される。絶頂したばかりの蜜壁は、与えられる刺激をすべて快感として受け入れた。

「んぁあっ、あっ、あぁっ、あぁぁぁんっ！」

指が激しく抜き差しされ、引き抜かれれば愛蜜が滴って次から次へと下着を濡らす。奥を突き上げられればその度に淫欲がつのり、アマリエは髪を振り乱して喘《あえ》いだ。

「や、もういやっ、また、また、来ちゃうっ、からぁっ……！」

指の動きに合わせて腰を揺すり、自分から貪婪《どんらん》に快感を求めているくせに過ぎた快感を与えられるのは怖い。

涙を零しながら、アマリエはまた絶頂へと駆け上がった。あまりにも強烈な喜悦に身体が痺れ、頤《おとがい》をそらせながら、頭の先から足の先まで淫悦に完全に浸ってしまう。

「いや……『魔王』はやだぁ……！」

「——悪かった。俺が悪かったからそう暴れるな」

めちゃくちゃに暴れて逃げ出そうとしたら、拘束されていた手足が自由になった。

ようやく自由を取り戻した身体がベッドに投げ出される。

「本当に、もう……」

お腹の奥がむずむずする。下腹部の中央、うつろな空間が満たされないと訴えかけてきたけれど、今の彼の前でそれを見せたくなくて、懸命に落ち着いているふりをする。

彼に背を向けて、身体を丸めたのはせめてもの抗議だ。こんなことをするなんて、聞いてない。

それなのに、アマリエの抗議を嘲笑《あざわら》うみたいに、彼は背後から腕を回してくる。彼の方へと引き寄せられて、彼の胸とアマリエの背中が密着した。

「いつもと違った感じでよかっただろう」

「知りません……!」

隅の方に押しやられていた上掛け布を引き寄せて、その中に顔を隠す。正面から言われるのはなんだかしゃくだったけれど――感じてしまった事実は否定できない。

そんな芝居を全力で楽しむ魔王も魔王ではあるけれど。

相手がヴァラデルだったら、まあいいかと思ってしまうのだから、やっぱりアマリエもたいがいなんだろう。

くるりと彼の方へと向き直り、彼の服を掴んで、額を擦りつける。

やっぱり、物足りないのだ。もじもじとしながら、彼の服を引っ張り、ボタンを外そうとしていると、頭の上の方から笑い声がする。

「やっぱり、足りなかったか」

「足りるとか、足りないとか……そんなんじゃ、ないです。あんなのは嫌です……ヴァラデルさんがいい」

一人で快感を貪るのではなく、二人で体温を重ねた方が絶対に幸せだ。

ボタンを外すのに苦心しているアマリエの様子で、彼もそれを察してくれたみたいだった。

指を鳴らすだけでいくらでも着替えることができるのに、律儀にボタンを外していく。

彼が上着やシャツを脱ぎ捨てていくのを、アマリエはぼうっと見ていた。

時々、妙に芝居がかった行動に出るのは困ったものであるけれど——やっぱり、彼への気持ちは抑えられないところまで来ているんだろう。

「アマリエ——俺はお前を困らせているか」

「時々、ほんの少しだけ……ですね」

だけど、彼に困らされるのも、本当は嫌じゃない。

「ほら、お前も脱げ」

返事をする間もなく、凝った形に結ばれていた帯は、彼の手で解かれて床の上に放り出された。ドレスも頭から抜かれて、帯の後を追う。

慌てて上掛け布を引き寄せて身体を隠そうとしたら、それもまた彼の手で床へと放り投げられた。

「み、見ないでください……！」

「今さらだろうに」

たしかに今さらと言われればそれまでであるけれど、羞恥心を覚えずにいられるかどうかは別問題だ。

けれど、今はそれより欲しいものがある。

「お願い、早く……」

小さく懇願した言葉は、彼の耳に届いたかどうか。大きく脚が開かれたかと思ったら、身体の中央に熱杭《ねっくい》が打ち込まれる。

「あぁぁあっ！」

高い声が部屋の空気を震わせた。

彼の方も今日はいつもより興奮の度合いが高いようだ。打ち込まれる熱杭の充溢《じゅういつ》感はいつもよりはるかに大きかった。

「待って！　ヴァラデルさんっ、待って！　無理っ！」

思わず悲鳴じみた声を上げてしまう。

硬く猛々《たけだけ》しいもので敏感な蜜壁を押し広げられる感覚がたまらなくいい。いつも彼を受け入れている時より快感が何倍も大きな気がする。

さらにヴァラデルは遠慮なく腰を引き、最奥をずしんと突き上げてくる。濡れた蜜壁は、誘うみたいに肉棒に絡みついて、より強い喜悦を得ようと収斂《しゅうれん》した。

「いつもより狭いな。感じているんじゃないか？　ほら、こうしたらどうだ」

「あぁぁんっ！」

ヴァラデルはアマリエの腰を強く摑んだかと思ったら、ますます強く打ち付けてくる。アマリエの感じる場所を完全に知り尽くしている彼に、アマリエは簡単に翻弄された。

自分から腰を突き上げ、より奥まで肉棒を受け入れようと彼の腰に足を絡みつけた。熱く濡れた内壁は、体内を往復する肉棒に絡みつき、締め上げ、精を搾り取ろうとするみたいに強くうねる。

「んんんっ、んんっ、あぁぁっ、だめ、あぁーっ」

力強い律動が、深いところを突き上げる。アマリエは折れそうなくらいに背筋をしならせて、甘美で強烈な快感に全身で浸った。

まともな言葉を発することもできない。頭の中が真っ白だ。

「今日のお前は、いつも以上に可愛らしいな。まだ、もう一度イけるだろう」

「んぁっ、だめっ、もう、イッた、からぁ……！」

アマリエが絶頂に達しても、ヴァラデルは動きを止めようとはしなかった。絶頂直後、敏感過ぎるくらいに敏感になっている蜜壺《みつつぼ》を容赦なく抉《えぐ》りまわされて、また、高みへと追いやられてしまう。

「も、やめ……！」

一時の休息を願うけれど、彼はアマリエを休ませてくれるつもりはないらしい。

「まだだ。もう一度――ああ、本当に今日はすごいな。俺の方も長くもちそうにない」

そんな風に言うくせに、ヴァラデルの方はまだまだ余裕たっぷりだ。

的確に快感を掘り起こし、高みまで連れ去り、泣いても、懇願しても許してくれない。

あまりにも激しく揺さぶられて、アマリエの視界が快感の涙でにじむ。淫らな壁が滾《たぎ》った肉棒でこね回される度に、強烈な快感が全身を支配する。

「あぁぁっ、あっ、あーっ！　だめ、も、私……」

ベッドに押しつけられ、送り込まれてくる荒々しい抽挿に、なすすべもなく翻弄される。身体にのしかかる彼の重みでさえも、アマリエにとっては快感を高めることにしかならなかった。もっと、もっと深い快感が欲しい。頭が真っ白になって、何も考えられなくなって、ただ、快感を貪ることしかできなくなる。

「ああ、俺ももうイくぞ――」

アマリエをベッドに押しつけるようにして、彼が最後の律動に入る。奥の奥に、熱い精が叩きつけられた。

「お願い、待って……、少しだけ……」

身体の内に咥《くわ》え込んだ雄は、精を放った後も少しも硬さを失っていなかった。柔らかく熟れ溶けた蜜壁は、アマリエの意思とは無関係に収斂して、また新たな快感をねだっているようだ。

「お前は、言っていることと身体の反応が真逆だな。まだ足りないんだろう」

汗ばんでいる額に張り付いた前髪を、彼の手が払う。そして、そのまま額にキスを落としてきた。

「あぁぁ……」

そのとたん、思いがけないところを擦り上げられて、また甘い声を上げてしまう。アマリエの反応に、彼は気をよくしたようで軽く腰を動かしてきた。

それだけで高ぶった身体は、再び欲望に向かって走り始める。

「ほら、お前もまだ足りていなかったんだろう――俺も、全然足りていない」

「ち、違う……」

弱々しく抵抗するけれど、彼はやめてくれるつもりはないらしい。再び強烈な律動が始まり、アマリエは喘ぐことしかできなくなる。

結局解放されたのは、真夜中近くになってからだった。

「さ……さすがにどうかと思うんですよ……！」

シーツを身体に巻き付け、アマリエは息も絶え絶えになりながらも全力で抗議した。

さんざん喘がされたので、喉はからからだし、不自由な姿勢を強いられた身体はあちこち痛い。抗議する声だって、完全にかすれてしまっている。

「だって、『魔王に犯される聖女』が見たかったんだからしかたないだろ――いや、実に興奮した」

「見たかったんだからしかたないって！　興奮したって！　そういう問題ではありません！」

ソフィエルだって、こういう使用方法を期待して、このドレスをくれたわけではないと思う。アマリエがあまりにも気にしていたから、ヴァラデルが拾い上げてくれたけれど、後できちんと片付けておかなければ。

「あいつだってわかってるだろ。だいたい、裏本の存在を教えてくれたのはあいつだ」

惜しげもなく裸体をさらして隣に寝そべっているヴァラデルの方は、憎たらしいくらいに満足げな表情だ。

その答えを聞いて、アマリエは肩を落とした。

たしかに、ソフィエルは情報通だとは思っていたけれど、
だいたい、「魔王に犯される聖女」がツボだというのは、どこかおかしいだろう。『魔王』本人と、一応『聖女』本人なのだから。

ヴァラデルの持っていた薄い本の作者を見かけることがあったら、全力で抗議してやる。

勇者一行は、あんな服装では旅をしないし、そもそも魔王と聖女の組み合わせはどうなんだろう。

「勇者が女だったというパターンも、女魔法使いや女戦士のパターンもあるぞ。あとは、魔王が女だという――」

「人間の欲望って、奥が深いですね……！　でも、私はいやです」

ぷいと顔を背け、ついでに彼に背中を向けて、怒っているのだと全力で示す。きっとそうしないと、彼には通じないだろうと思ったから。

「お前だって、けっこう感じていたくせに」

言われて、彼に背中を向けたアマリエの頬がかっと染まる。それは否定できないのだ。

得体のしれない相手ならまた違ったかもしれないけれど、完全に彼のコントロール下に置か

れているとわかっていたから快感の方がはるかに大きかった。

「いいだろう？　また、いずれあのドレスを着てくれ」

こりているのかいないのか。背後から抱き着いてきた彼は、アマリエの耳朶に軽く歯を立てながらそう誘いをかけてくる。おまけに早々と大きな手は乳房に回されていて、こうなったら逃げることなんてできない。

「もうっ、知りません……！」

二度と、こんなに露出度の高いドレスを着るものか。

アマリエは強く強く決意した。

第七章　裏切りの聖女は魔女と化して

今日は、ヴァラデルと一緒にサウルの町までお出かけだ。

ソフィエルご贔屓《ひいき》のデレクが出るという新作の舞台を鑑賞し、帰りにお菓子の材料を買って帰ってくるのだ。彼と一緒に出かけられるなんて、わくわくしてしまう。

前回も舞台を見そびれてしまったし、今日は本当に楽しみだ。

今日着ている新しい水色のドレスは、ヴァラデルからの贈り物。ふわっと膨らんだ袖も、レースをたっぷり使った襟も可愛らしい。胸元には小さなリボンがついている。

今日は腰に巻くのは帯ではなくて革のベルトだ。ベルトについているのと同じ飾りのついた茶のブーツも可愛くて大満足だ。

こうやって、身に着けるものを全部いただいてしまうのも申し訳ない気もするけれど、彼とお出かけする時には、精いっぱいお洒落《しゃれ》したい。

乙女心なんて言ったら、他の人達に笑われてしまうだろうか。

ヴァラデルと手を繋いで、サウルの町中を歩く。以前に来た時もにぎわっていると思ったけれど、今は以前以上ににぎわっているみたいだ。ますます活気に溢れているというか。

「最近、魔族の被害が減っているような気がするね」

「勇者様のおかげだよ。前回、サウルに来た時にお姿を拝見できてよかったよ」

「だから、商隊も増えているんだろう。町に人が増えるのはいいことさ」

そんな風に立ち話をしている人達の声も、アマリエの耳に入ってきた。

（……たしかにウィルフレッドのおかげだというのも、間違いではないのだろうけれど……レガルニエルさんが人間界には攻め込む意思がないからなのよね）

勇者であるウィルフレッドを中心とした勇者パーティーによってセエレが倒されたというのも事実だ。

だが、その後のことについては、新しい魔王の地位についたレガルニエルが人間界には関わらない方針を取っているだけのこと。

もし、レガルニエルがセエレと同じように人間界を自分の手におさめようとしている魔王だったら、以前と状況は変わっていないはずだ。

だが魔王達は自分達が人間界でどう評価されていようが気にしていないし、いちいち吹聴《ふいちょう》して回ることもないだろうと、あえて噂《うわさ》はそのままにしてあるらしい。

（そんなことより、問題はヴァラデルさんだわ）

並んで歩いていても、彼がとても目立っているのはアマリエにもよくわかった。時々、彼に向けて熱っぽい視線を向けてくる女性もいる。

もっとも、彼の方はそんな女性達のことはまるで目に入っていないみたいだ。彼と手を繋いでいるアマリエにだけ、蕩けそうな目を向けてくる。

「今日は、外で食事にするつもりだ。最近新しく劇場の近くにできた店が、なかなかうまかったとソフィエルが言っていたぞ」

「さすがソフィエルさん、情報通ですね！　楽しみです」

最近気づいたのだけれど、どうもソフィエルはサウルの町の有力者達と親しくお付き合いしているみたいだ。

彼女の身を飾る豪華な宝石のうち何割かは、有力者達からの『贈り物』だという話はついこの間本人から教えてもらった。

あれ以来、彼女はしばしばヴァラデルの城を訪れて、アマリエとお茶の時間を楽しんでいるけれど、それを聞いてしみじみすごいと感心した。ソフィエルほどの美人になると、立ってるだけで宝石の方から寄ってくるものらしい。

「ああ、海の素材を特別な方法で新鮮なまま運んできて調理する店があるそうだ」

サウルの町は交易の要所ではあるけれど、海までは馬で十日ほどかかる位置にある。

そのため、このあたりでは海で獲《と》れる魚や貝などは、干物や塩漬け、オイル漬けなどの加工品しか手に入らない。近くに大きな川も流れているし、半日ほど行けば湖もあるから、新鮮な魚といえば淡水魚のことだ。

「それってすごいですね！　収納魔法とかでしょうか」

実際に店を開いて調理するとなると、かなりの量を運ぶ必要があるだろう。

異空間に物品を収納する収納魔法は、上位版になると収納している間は入れたものの状態が変化しないと聞いている。

一度に収納できる量は多くないから、今までは新鮮な海の魚貝類をサウルで食べることはできなかった。

「転移魔法の応用で商品だけ送ってくるのかもしれないな」

「品物だけだったら、送るのはそんなに難しくないでしょうか」

「生きているものを送るより楽だぞ」

もし、収納魔法の容量を増やすことができる方法が発見されたのだとすれば、大発見だ。それに、転移魔法の応用でもすごい。そもそも転移魔法自体がとても難しいものなのだ。

なんて話をしながら、町を歩く。魔法については、ヴァラデルの方がアマリエよりずっと上の腕前だけれど、アマリエの話に真面目に取り合ってくれるのが嬉しい。

今日もサウルの町はにぎわっている。アマリエは、ヴァラデルの腕にぶら下がるみたいにしてたずねた。

「今日は、マカロンも買って帰ろうと思うんです。マカロンは上手に作るのが難しいから。マカロンはお好きですよね？」

アマリエがマカロンを焼くと、生地がつぶれてしまったり、膨らまなかったりするのだ。それなら、おいしい店で買って帰った方がいい。

「……あら、どうかしました？」

ヴァラデルが急に止まってしまったので、アマリエも彼に続いて止まった。そして、彼の視線を追いかける。

「なんで……？」

呆然として、アマリエはつぶやいた。自分が目にしたものが、あまりにも信じられなかったのだ。アマリエの目に飛び込んできたのは、壁に張られた大きな新聞だった。

印刷技術が発達してから新聞も作られるようになったけれど、こういった新聞は決まった店で販売しているわけではない。

道端に立った新聞職人達がそれぞれ、自分の特ダネを記事にし、印刷所に持ち込んで印刷した新聞を作って売るのだ。

どんな記事が掲載されているのか読者の興味を引くために、大きな紙に見出しだけ書いて、自分の背後に張っておくなんて手段を取る人も最近はいるらしい。

今まであまり興味を引かれたことはなかったけれど——彼の視線を追いかければ嫌でも目に入ってしまう。煽情《せんじょう》的な見出しの数々が。

『人間の裏切者！』、『魔王の愛人』、『魔女アマリエは、勇者を殺そうとした』などと、刺激的な文言がそこには記されていた。アマリエには、まったく身に覚えのない出来事だ。

勇者パーティーにいた間、『聖女』と呼ばれたことはあっても、『魔女』と呼ばれたことなんてなかった。

（どうして、なんで……？）

興味を持った人に新聞を買ってもらわなければならないので、中身までは壁に張った大きな紙には書かれていない。ただ、見出しだけを見ていても、アマリエを責める声が大きいというのがよくわかる。

「……あっ」

大きく目を見開いて呆然とその見出しを見つめていたら、ヴァラデルの腕の中に抱え込まれる。目の前が真っ暗になったように感じていたけれど、彼がアマリエを抱き留めてくれたようだ。

「──見るな！　俺が悪かった」

視界すべてを隠す彼の身体。それでも、町を行く人達の言葉は耳に飛び込んでくる。

「勇者パーティーから外されたのを不満に思って、魔王に寝返ったんだって？」

違う！

「もともと、能力不足だったんだろう。何しろ、ラウレッタ様がいるんだからな」

違う！

「新しい魔王に仕えているらしいぞ。人間の恥晒《はじさら》しだ」

違う！　違う！　違う！

心の中で叫ぶけれど、その声は言葉にならなかった。

ただ、ヴァラデルの胸に顔をうずめて、身体を震わせるだけ。

（違う、私はそんなことしていない……！）

膝から力が抜けるようだった。どうして、こんなことになっているのか理解できない。頭の中がぐるぐるして、何も考えることができない。

周囲を行きかう人たちが、ヴァラデルの胸に顔をうずめたままのアマリエをどんな目で見ているのか気にしている余裕もなかった。

膝裏に手を差し込まれたかと思ったら、そのままヴァラデルに抱えあげられた。アマリエを抱えた彼はずんずんと通りを突き進み、そのまま出てきたばかりの屋敷へと戻る。

日当たりのいい窓辺に置かれた柔らかなソファ。その上にそっとアマリエを下ろすと、彼は床の上に膝をついた。

「――知らなかったんだ。すまん」

床に膝をついた姿勢でアマリエを見上げる彼の表情。

いつもは傲岸不遜とも受け取れる表情を浮かべているのに、今は申し訳なさそうな光が彼の瞳に浮かんでいる。

わかっている。彼はあんな噂になっているなんて知らなかった。知っていたらアマリエをサウルに誘ったりなんてしなかった。

人間界のことは人間に任せておけばいい。それは『魔王』としての彼の意思であったし、アマリエもそれでいいと思っていた。

「わかっています。あなたは……何も知らなかったのだから、謝らないで」

「――あいつら、いったい何を言いだすのかと思ったら」

彼の手が、アマリエの手を包み込む。そうしながら、彼はアマリエの手をゆっくりと撫でた。

アマリエの傷ついた心を癒そうとしているみたいに。

「新聞を見てきてください……お願いします……」

自分のことが、どう書かれているか知りたかった。

きっと、ひどいことが書かれているはずだ。それでも、何が書かれているのか知らなければいけないと思った。

アマリエの顔を見たヴァラデルは、とても難しい表情になったけれど、一つうなずいてからアマリエの額にキスしてくれる。

彼のその仕草だけで、ずいぶん落ち着きを取り戻したような気がした。

「すぐに戻る。お前はここにいろ」

部屋から外に出ないようにと言い含めてから、彼は再び屋敷を出ていく。

ソファに座ったまま、窓から通りを眺めていたら、彼が急ぎ足で広場の方へと歩いていくのが見えた。

日当たりがよく、居心地のいいようにしつらえられた居間で過ごす時間は、いつもならアマリエの心を穏やかにしてくれるはずだ。

けれど、今日は落ち着かない――窓の外を行きかう人を見ては、自分のことを悪く言っているのではないかと思えてくる。

(……あれは、間違っていたの？　彼らのことを見捨てたらよかったの？)

レガルニエルの城で、アマリエは彼らの命乞いをした。

アマリエは彼らに裏切られたわけだったけれど、一度は仲間だと思った人達だったから。

だから、彼らを手当てしたし、人間の世界に送り届けることも同意した。彼らが、二度と魔族の世界に踏み込んでこなければいいと思って。

それなのに、こんなことになるなんて。

一人、部屋で考え込む。自分はどう行動するのが正解だったのだろう。

考えてみても、わからなかった。

レガルニエルに彼らを殺してほしくなかった。彼らにレガルニエルを殺させるのも間違っていると思った。

レガルニエルがあの場でウィルフレッド達と戦って、命を落としていたら、あの国はますます混乱する。

レガルニエルの死によって人間界に迷い出る魔族の数が増えたりなどしたら――今よりもっと被害が広がるのだ。だからああするのがいいと思っていたのに――。

あまりにもショックを受けたからか、頭が痛い。額に手を置いてため息をついた時、扉が勢いよく開かれた。

「――あの勇者、殺してもいいか?」

戻ってくるなり、彼は物騒な顔でそう言い放った。

「殺すのは……ちょっと。あの、見せてもらっていいですか?」

アマリエの横に座ったヴァラデルは、難しい顔をしている。見せたくなさそうに、持って帰ってきた新聞をアマリエから遠い位置に置いた。

「お前にとって、あまり見たくないものだとは思うぞ」

「でも、何があったのか気になるんです……どう書かれているか知りたいんです」

そう言うと、しぶしぶと彼は新聞を渡してくれた。ヴァラデルの方に寄りかかるみたいにして、受け取った新聞を開く。

どぎつい色のインクが使われた紙面。急いで印刷したのか、かすれている文字さえある。

「――裏切りの魔女、アマリエ」

アマリエの名前は、一番目立つ真っ赤な色で印刷されていた。

「お前――人間から見たらものすごい悪者になってるが気にするな。事実を捻じ曲げているどころか、嘘しか書いてないぞ」

「そうみたいですね……見出しを見た時から、想像はしていましたけれど」

そこに書かれていたのは、あまりにも捻じ曲げられた事実だった。

もともと、ウィルフレッドのパーティーに回復役である『神官』として加わったのはアマリエだった。

だが、勇者パーティーが魔王退治に出発する直前、ラウレッタが回復魔法と支援魔法、両方を身につけた『聖女』として目覚める。そして、アマリエは勇者パーティーから外された。

だが、勇者達は魔王セエレを倒しに行ったその場で、アマリエが魔族側についたことを知る。

なんとかセエレを退けたものの、アマリエは逃がしてしまった。

そして、セエレ亡きあと、新しい魔王となったレガルニエル。もちろん、勇者達は、新しい魔王を見逃したりしなかった。

魔王を退治しに行ったところ、魔女アマリエはレガルニエルに味方して勇者パーティーを攻撃してきた。

さらにもう一人の魔王ヴァラデルが現れ――勇者達は、彼らに重傷を負わせたものの、倒すことはできず、なんとかぎりぎりのところで引き上げてきた――と書かれている。

「……嘘ばっかり」

すべての記事を読み終え、アマリエはつぶやいた。

嘘ばかり。この記事に記されているのはすべて嘘だ。

アマリエは、魔族の味方ではない。

いや、一緒にいたのはヴァラデルだし、魔族の味方として取られてもしかたないのかもしれないが、少なくとも、レガルニエルと共に彼らを攻撃したなんて事実は存在しない。それどころか、ヴァラデルは彼らを治療したうえで人間界との境まで連れて行ってあげたというのに。

どうして、ここまで都合よく事実を捻じ曲げることができるんだろう。

「そういうものだろ、人間は」

「――だけど！」

大声を上げてしまってから気づく。

この事態を招いたのは——アマリエのせいだ。

アマリエが、あの時生き残ったりしたから。

もし、彼らの思惑通りあの場で命を落としていたら、きっと今頃こんなことにはなっていなかった。

「お前、余計なことを考えているだろう——いいか、お前は何も悪くない」

ヴァラデルが、アマリエの頬を撫でてくれる。

けれど、今はその感覚を受け入れていいのかどうかもわからなかった。

「ヴァラデルさん、だけど」

「お前の優しさを彼らは踏みにじった。いや、最初から踏みにじり続けていた、そうだろう？」

最初から、捨て駒として選ばれた。

王女であるラウレッタを『聖女』とし、王家の威信を取り戻すために。今、アマリエが生きているのは、偶然の結果でしかない。

「お前の能力に彼らは気づいていなかったから捨て駒にしたんだろうが——まさか、こんな風に事実を捻じ曲げるとは」

あまりな出来事に、彼は完全にあきれ果てたみたいだった。肩にもたれかかっているアマリエの頭を撫でるようにしながら、ぽつりとつぶやく。

ヴァラデルの胸にもたれかかって、ゆっくりと彼の言葉に耳を傾ける。

少し低い彼の声に耳を傾けるのは、なんて気持ちがいいんだろう。

「人間の世界もいろいろだな」

「──そう、ですね……」

三人の魔王でさえも、同じことを考えているわけではない。

人間だってそう。だから、種族によってひとくくりにすることはできないのだ。冷静に考えれば当たり前のことなのに、アマリエの意識からは、完全にそのあたりのことは消え失《う》せていた。

「……私……これからどうしたらいいんでしょう？　人間の世界にはもう戻れないということですよね」

一度は、彼らのことを仲間だと思っていた。けれど、彼らはアマリエを仲間と思ってはいなかった。

アマリエを見殺しにしただけではなく、こんな出まかせでアマリエを陥れようとしている。

──もう、どこにも帰ることができない。

不意にそう思った。

アマリエが魔女だということになってしまった以上、育った孤児院に帰ることもできない。

自分の居場所がなくなったような気がした。

「私……これから、どうしたらいいの」

重ねてつぶやく。

自分でもわからないのだ。どうすればいいのか。いや、アマリエ自身はどうしたいのか。

「前にも言っただろう、ここにいればいい」

「――でも！」

彼の隣にいられれば、他には何もいらないと思ったのも本当のことだった。いつの間にか、こんなにも彼のことを好きになってしまっていた。

（私は、彼にふさわしいの？）

その声は、後から後から沸きおこってきてアマリエを追い詰める。

両親の顔も知らない。

他の魔王とはいえ、魔族を統べる魔王を倒すのに協力した勇者パーティーの一員。

それなのに、自分の居場所を魔王の隣に求めるなんて、何か間違っているのではないだろうか。

「だけど、私がここにいたらあなたまで悪く思われてしまう――！」

人を裏切って、魔族についた魔女。

勇者達を殺そうとした悪女。

そんな噂がたったアマリエが、彼の隣にいるなんて許されるだろうか。

ぼそぼそとそう言うと、アマリエを腕の中に囲い込んだヴァラデルがあきれたみたいな声を上げる。

「時々、お前は本当に愚かになるのだな」

「お、愚かって……！」

愚かなんて言われる筋合いはないはずだ。むっとむくれていたら、彼はアマリエの背中に回した腕に力をこめる。

「それは、人間の世界の出来事だろう。俺も、俺の城で暮らしている者達も、そんなことは関係ない」

人間の間でどんな噂になっていようが、魔族達は誰も気にしない。そんなことより、彼らは自分達のことで忙しい。

「それに、俺の城の診療所を見てみろ。お前がいなくなってしまったら、困るものが山ほどいるんだぞ」

「そう、でしょうか……？」

「そうだ。俺の城で暮らしている者達にとって、お前は大切な仲間、俺の城の一員だ」

言われてみればそれもそうなのかもしれない。

彼の厨房や診療所で、人並みに働いてきた自負もある。けれど、今のアマリエにとってはヴァラデルの言葉は救いだった。

「……あっ」

顎を持ち上げられ、唇が重ねられる。

「俺の城の者達は、お前を大切に思っているんだ。そんな風に言うな」

ヴァラデルは、アマリエの欲しい言葉をいつでも的確に与えてくれる。だから、アマリエは

――彼を、こんなにも愛してしまったのだ。

「……ヴァラデル、さん」

キス、さらにキス。

彼の舌が、アマリエの口内をいたるところ探っていく。

舌を痛いくらいに吸い上げられて、頭の中をぐるぐると渦巻いていた考えがあっという間に消え失せていく。

「んぅ……んっ、んっ」

彼の背中に腕を回し、アマリエはもっと深い口づけをねだった。自分から、舌を差し出す。奥に引っ込んでしまった彼の舌を追いかけて、彼の口内に舌を差し入れた。いつも自分の口内を彼がどう探るかを思い出しながら、舌を動かしてみる。

上顎を舌の先でくすぐって、頬の内側を撫でる。彼の舌を押しやるようにしてみると、彼から舌を押しつけるようにして対抗してきた。

彼の舌は巧みに動き、口内をあますところなくしゃぶられてアマリエの息が上がってしまう。負けたくなくて、懸命に舌を差し出したけれど、その舌を軽く吸い上げられて甘くぞくぞくした感覚が走り抜けた。

「んんっ、んんんんっ」

自分から彼を追いかけたはずなのに、あっという間に意識を奪われる。淫らな音を立てて舌が絡み合い、頭がふわふわしてきた。

必死で押しつけた舌が、簡単に彼に翻弄される。舌を擦り合わせ、溢れた唾液を飲み込む。

息が苦しくなるくらいの激しい口づけに、頭がくらくらしてきた。互いの呼吸が混ざり合って、気持ちも一緒に混ざり合うみたいだ。

「——んっ……んっ、んっ」

水音が耳を打つ度に、お腹《なか》の奥の方がぞくぞくしてくる。背中に回された腕は、アマリエを大切な宝物みたいに抱え込み、大きな存在に包み込まれているという感覚が、安堵させてくれる。

もっと彼の側に行きたくなって、彼の背中に腕を回して縋《すが》りついた。

「……ぁんっ」

彼の大きな手が、アマリエの乳房を覆う。揺さぶられ、手のひらで頂を刺激されて、甘えた声が漏れた。指を大きく広げ、根元から大きく揺すられる。

その間も深い口づけは一時も唇を離すことなく続いていて、アマリエの意識を完全に奪い取ろうとしている。

「あ——んっ、ん、あぁ……」

「よけいなことは考えなくていい。今は、俺のことだけを考えろ」

唇を離した彼が、耳元でささやきかけた。キスで濡れた彼の唇が、妙に色っぽくアマリエの目には映る。

「ヴァラデル——さん、私……」

どうして、彼とこんな形で出会ってしまったんだろうと、心のどこかからささやきかける声には耳を塞ぐ。

自分が、彼にふさわしくないのではないかとか、今は、そんなことすべて忘れ去ってしまいたかった。縋りついた腕にさらに力をこめて、少しでも彼の側に近づこうとする。

「あっ……あぁっ……」

服越しに胸の頂が指でつつかれ、身体がぞくぞくする。彼の与える感覚が、背中を這いまわって甘美な痺れが身体を走った。

背中のボタンが次から次へと外されて、あっという間に胸が露にされた。両胸の頂は、もう完全に硬くなってしまっている。

「あっ……見ないで……」

「嫌だ。お前のすべてが見たい」

何度身体を重ねても、明るい中で彼に肌を見られるのは恥ずかしい。羞恥心に小さく身体が震える。

指が赤く色づいた場所を摘まみ上げたとたん走った悦楽に、背中をのけぞらせて甘ったれた声を上げてしまう。

「んぁ……あっ、あっ……」

ぐにぐにと両方の胸を同時にこね回され、あられもない喘ぎと共に身を捩った。身体の奥の方から込み上げてくる喜悦に、気持ちも押し流されてしまいそうだ。

「やだ――そこ、弄《いじ》っちゃ、いや……」

首を振ったら、たしなめるみたいに頂を中に押し込まれた。とたん、跳ね上がる手足。下腹部がかっと熱を帯びる。

「ここを弄られるのがいいんだろうに」

笑いを交えた彼の声。その声が胸に染み入って、アマリエをドキドキさせる。

いつの間にか、こんなにも彼のことが好きになってしまった。人間の世界では裏切り者だと言われているのに。

大きな手で胸全体をこね回すようにしながら、彼は指先でアマリエの感じる場所を的確に刺激してきた。乳房全体を揺らされながら、指の先で感じる頂を転がされると柔らかな悦楽が身体全体に広がっていく。

「あっ……だって、だって……」

首筋に濡れた舌が這い、いやいやと首を横に振った。その場所を吸い上げられたら、ぴりっとわずかな痛みが走る。

露になった白い肌の上、ところどころ赤い痕を残しながら、彼の唇が胸の方へと下りてきた。

強く吸い上げられる感覚が、頭の中まで支配してくる。

今は、余計なことを考えなくてもいい。ただ、彼の与えてくれる感覚に溺れていれば。

硬く尖った場所を舌が弾き、また背中をのけぞらせて喘いでしまう。

「ひぁっ……あっ、あぁっ……」

濡れた舌に乳首を弾かれるのがたまらなくいい。ヴァラデルの方も、アマリエの身体を貪るみたいにして愛撫《あいぶ》してくる。

いつになく強く転がされる胸の頂。もう片方の頂は指の先で捏ねられ続けている。軽く歯で刺激されて、どろりとした愉悦が腰のあたりまで流れ落ちてくる。

その合間も唇はありとあらゆるところに触れて、離れて、痕をつけてはまた違う場所に移動する。

ソファで抱き合っているのはもどかしい。狭いところに押し込められるみたいにされて、ますます強い快感に支配される。

「あぁ――あっ、あぁぁんっ……！」

もどかしげに身体をくねらせ、もっと強い快感をねだってしまう。自分がそうする理由もわかっていた。

自分はこの先どうしたらいいのだろう。

不安な気持ちをかき消すみたいに、目の前のたくましい腕に縋る。

どうか、もう少しだけここにとどまることを許してほしい。

(私は、ずるいのかも……)

なんて、頭の隅をよぎるけれど、それも頭を振って追い払った。

「ここでは、少し狭いな――ついてこい」

抱えあげられた次の瞬間には、彼の寝室に移動している。

本来なら、空間転移の魔法はとても危険なはずなのに、彼はアマリエを連れてやすやすとそれをこなしてしまう。

一瞬目の前が暗くなったかと思ったら、次の瞬間にはベッドに押し倒されていた。目を開けば、見慣れた天井がアマリエの視界に飛び込んでくる。

「――あの件については、俺に任せろ。お前が、堂々とサウルの町を歩けなくなるのは困る」

シーツに素肌を押しつけられて、アマリエはうっとりと彼を見上げる。

すべてを彼に任せておいたら、何も難しいことは考えないでいいような気さえしてくる。

「……あっ」

口から零れたのは、小さな声。彼の手が肌を撫でる感触が気持ちよくて、アマリエは目を閉じ、その感触を全身で受け入れようとした。

「お前は何もしなくていい。すべて俺に任せるんだ」

つんと尖った胸の先端が、彼の口内に吸い込まれる。軽く吸い上げられて、痺れるような感覚が胸の奥まで伝わってくる。

音を立てて交互の胸をしゃぶり、それから脇腹にもキスされる。脇腹の線に沿って舌を這わされて、こらえようもない愉悦がせりあがる。

スカートが捲り上げられて、腿にキスされた。ぺろりと舐《な》められ、身体を捩って悶《もだ》えてしまう。

「ん……んん？」

けれど、不意に疑問を覚えて目を開いた。ありえない感覚が、アマリエの身体に与えられたから。

おかしいだろう。彼の唇は、今まさにこの瞬間腿の内側に触れていて。それなのに、もう一つの唇が、額にキスを落としている。

ぱっと目を見開いたら、そこにあったのはよく知ったヴァラデルの顔だった。アマリエと目が合うとニヤリとして、もう一度額にキスされる。

——まさか！　と嫌な予感を覚えて下半身に視線をやる。

真っ先に頭の中をよぎったのは、いつか、ソフィエルからもらったドレスを身に着けた時のことだった。

あの時はアマリエの部屋でスライムに手足を拘束され、彼の思うままにされてしまった。まさか、あの時のようなことが起こっているというのだろうか。

「——嘘っ！」

なのに、今回はまたアマリエの想像できる範囲を、彼はやすやすと飛び越えてきた。開いた膝の間からこちらを見て笑うのはヴァラデル。

ぱっと上に視線を戻せば、同じ顔が見下ろしてくる。どちらもまったく同じ顔で、区別なんてできない。

「なんで？　なんで？　なんで？」

あまりにもびっくりしたので、同じ言葉を繰り返すことしかできなかった。

なんで、こんなことになっているんだろう。

「なんでって――お前を愛するのに、俺一人では足りないと思ったからな」

すでに、この感覚が理解できない。一人では足りないとは、どういうことだ。足りないからって増やせるものなのか。

二人のヴァラデルに交互に視線をやるけれど、どちらもアマリエの疑問を解消してくれるつもりはなさそうだ。

「二人分、愛してやる。足りなければもう一人」

「三人というのもいいな」

「ひ、必要ありませ――あっ」

ベッドの頭の方へずり上がって逃げようとするのを、肩を摑んで引き戻された。力強い彼の力に、抵抗の意思は奪われてしまう。

「どちらも俺だぞ？　逃げることはないだろう。今日はスライムはいないのに」

「二人がかりで余計なことは考えられないようにしてやるから、安心しろ」

それって、安心していいんだろうか。逆にものすごい不安にしかならない。

わずかな怯えに首を横に振ったけれど、そんな不安も、ヴァラデル達は、うやむやにさせてしまった。

「んんんっ……くっ……んぅ――」

「いやらしいな、その顔。俺に口づけたくてしかたないのだろう」

「んんんっ」

相手が一人でもかなわないというのに、二人がかりではなおさらかなわない。

脚の間に位置を占めたヴァラデルは、我が物顔で花弁の間に舌を差し入れてくる。

濡れた襞《ひだ》をかき分け淫芽を揺さぶって、アマリエが身体を揺らすその反応だけで、次にどうしてほしいのか的確に探り当ててくる。

淫らな振動が淫芽を震わせる度に、頭の芯までぞくぞくとする喜悦が走り抜ける。この感覚だけで高みまで到達してしまいそうだ。

もう一人のヴァラデルは口づけに夢中だ。アマリエが差し出した舌に自分の舌を絡め、ざらざらとしたところを擦り合わせてくる。

口内を舐《ねぶ》られ、淫芽を刺激されて、次から次へと押し寄せてくる悦楽に逆らうことなんてできなくなる。

キスを続けるヴァラデルは、片方の手で乳房を捏ねまわし、もう片方の手で反対側の乳首を弄ってくる。

二人がかりでこんな風に愛撫されて、乱れなかったらその方がどうかしている。

「あぁっ……ああ、ん……ん、あぁぁっ！」

あっという間にアマリエは彼らの与えてくれる快感に没頭した。いや、没頭するように自分をたきつけた。

腰を持ち上げ、少しでも感じやすい場所に舌を導こうとする。

敏感な芽に淫らな振動が送り込まれる度に、あられもない声を遠慮することなく張り上げた。

その声は、もう一人のヴァラデルと交わしている濃厚な口づけの間に吸い込まれて、部屋に淫靡《いんび》な口づけの水音を響かせる。

「ここがひくひくしているぞ。もっと可愛がってやろう――」

舌の動きが激しさを増す。濡れた花弁の間に指が差し込まれ、濡れた合わせ目をくすぐるみたいに指が蠢《うごめ》く。

その奥、空っぽの場所がきゅうきゅうとうねって、もっと直接的な愛撫をねだる。身体を動かした拍子に、また新たな蜜が零れ落ちた。

「んぁぁ……あっ、もっと……」

余計なことは考えたくない。彼『ら』の与えてくれる快感に溺れてしまいたい。

それは、弱さであり、逃げでもあったのかもしれないけれど、今は自分を受け入れてくれる場所が必要だった。

敏感な場所をつつかれ、腰がうねる。そうしながらも、搦《から》められる舌に自分から積極的に舌を搦めていく。重なる淫らな水音がますますアマリエを煽って、激しい欲求が込み上げてくる。

「アマリエ、お前は何も悪くない」

「そうだ。お前は悪くない――いつもそう言っているだろう?」

こんなにも乱れてしまって、どうしようもない状況だというのに彼らは優しい。

アマリエが必要以上の罪悪感を覚えないように、懸命に手を尽くしてくれる。

内腿がぶるぶると痙攣し、高みを極めようと腰を浮かせ、両脚がぴんと伸ばされる。無意識のうちに、側にあるシーツを握りしめた。

「あっ……はぁぁっ……、だめ……私――」

「今日はいつも以上に敏感だな。よし、イけ」

秘所を愛撫していた方の彼が命じる。

もう一人の方は、口内に差し入れた舌をますます激しく蠢かしてきた。二か所の唇に同時に口づけられ、いつも以上に満たされているみたいに感じられる。

びしょびしょに濡れた場所に指が差し入れられた。熟れてひくつく蜜壁を指で探られ、舌の動きが激しくなって、痺れるような快感を味わう。

自分でも意識してないのに、腰が淫らに揺れた。腹の奥からせりあがってくる快感。口内に押し込まれた舌に自分の舌を押し込まれながら、快感の極みに到達する。

「……はっ、あぁ……ん、はぁ……」

快感の余韻に浸る間も与えられなかった。内部を犯す指の動きは止まることを知らない。ますますぐちゅぐちゅとかき回されて、熱い蜜液が後から後から溢れ出る。

「締め付けがきつくなった。もっとイッていいんだぞ」

「他の場所も味わわせろ――お前の乳房は柔らかくて気持ちいい」

今までずっと唇を合わせていた方のヴァラデルが、身体の位置をずらしてくる。先ほど痕をつけた上に重ねるみたいにキスされる。ぴりっとした小さな痛み。

その痛みも快感を煽る一つの原因だ。伸ばした足先が震え、また新たな悦楽に身を浸す。二度目の絶頂は、最初のものより長くて深かった。

瞼の裏に白い光が何度も煌めいて、感じ入った声が高々と響き渡る。シーツにぐたりと身体を預けてせわしない呼吸を繰り返していたら、また、額にキスをされた。

「おい、場所を変われ」

「変わってもよいが、感覚は共有してるだろう」

アマリエを挟んで上と下から同じ声が聞こえてくるのは、不思議な感覚だ。それがなお、快感を煽って、心も身体もぐずぐずに蕩けてしまう。

「んっ……」

敏感になっている場所から指が引き抜かれ、思わず失望のため息が漏れた。わずかにベッドがきしんで、二人が場所を入れ替えたのをなんとなく知る。

「残念そうな顔をするな。すぐにまたよくなる」

「んっ……」

「そんなに俺にキスされたいか。物欲しそうな顔になっているぞ」

たぶん、彼の言っていることは間違いじゃない。睫毛《まつげ》は恥ずかしさに震え、唇は半開きだ。

アマリエの目には見えていないけれど、続けざまに達したせいで頬は完全に上気している。

そんな表情を彼に向けているのだから、物欲しそうな顔になっていると言われても否定なんてできない。

「んんっ……ふっ、あぁ……もっと……」

重くなった手を持ち上げて、彼の顔を引き寄せる。先ほどまでのキスですっかり濡れてしまっている唇に、ためらうことなく彼の唇が重ねられる。

舌先で唇を舐められ、中に入り込んで、アマリエの舌を翻弄されれば、あっという間に残っていた官能がかきたてられた。

そうしている間にも、両膝を立てて開かれて、間にもう一人の顔が沈み込む。

「あぁぁんっ！　あ、気持ちいい……あっ、またぁ……！」

「お前は本当に敏感で感じやすいな。今、イッたばかりだというのに。すぐに濡れて、俺を欲しがる」

丹念に愛撫された淫唇は、次から次へと蜜を溢れ出させている。シーツにまで滴り落ちるそれを、ヴァラデルは丹念に舐め取った。

震える花弁を右、左と舐め上げて、それから中に潜り込んでくる。強く押しつけられた舌に全体をなぞられて、アマリエの口からは再びひっきりなしに嬌声《きょうせい》が上がる。

浅いところを舌でかき回され、音を立ててしゃぶられて、羞恥心なんてどこかに消え失せてしまった。

もっと、とあさましいくらいに内部が収縮して、奥深いところからの快感を求めてくる。二人がかりで愛されて、与えられる快感から逃れることなんてできない。

「そろそろいいか？　俺ももう限界だ」

両頬に同時にキスされて、声を出せないままにただうなずく。先にアマリエを抱くのはどちらなのだろう。なんて考えてもしかたない。

大きく脚を開かされても、閉じる気にはなれなかった。

とめどなく溢れ続ける蜜のぬめりを借りて、脈打つ肉棒が、花弁の間を往復する。表面だけを擦り上げられて、その奥が切なくわなないた。

もうすっかり馴染《なじ》んだ熱棒の感覚が、身体の内部へと押し入ってくる。濡れた壁を押し広げられ、感じる場所を狙いすましたみたいに突き上げられる。

挿入されただけで、高みに放り上げられ、そこから下りることを許されない。

いつも、彼に翻弄されていっぱいいっぱいになってしまうというのに、今日はさらにその快感が倍になって、三倍になって押し寄せてきた。

「んんんっ……あっ……」

気がついた時には、くるりとひっくり返され、背後からヴァラデルを受け入れている。細腰を強く摑まれ、ずんと奥を穿《うが》たれる度に目の前で星が散った。

両脇に手を差し入れられ、上半身を持ち上げられたかと思ったら、背後から回された手が、両胸を包み込む。

背後から突き上げる動きに合わせるように、乳房が揉みしだかれ、頂は指先でこね回される。そうされながら首筋や肩口や背中、いたるところにキスの雨を降らされて、あちこちから送り込まれる刺激に首を振って悶えてしまう。

「正面を見てみろ。今日は——いつもとは違うだろう？」

耳元でささやかれ、ついでのように耳裏まで舌が這わされる。濡れた舌の感触に、また熱い吐息が零れた。

促されるままにうっすらと目を開けば、正面にあるのはヴァラデルの顔。

「いいな。一度、正面から見てみたいと思ってたんだ」

背後から貫かれた体勢で、正面から顔を見つめられる。そんな経験したことがあるはずもない。自分の顔が悦楽に蕩けていることくらいわかっている。

「そん、な……」

間近に顔を寄せられ、彼の瞳に映る自分の表情に困惑した。

羞恥に震える睫毛、涙まじりながらも情欲の光を隠しきれない瞳。新たなキスをねだるみたいに唇は半開きになっている。

自分の顔を見ていられなくなって、顔を背けようとしたら顎に手をかけて引き戻された。わずかに抵抗するも、彼にかなうはずなんてない。

「顔を背けるな。俺を見ろ」

「俺を、だろ?」

前後から聞こえる同じ声。顎をとらえた手に顔を固定されて唇を奪われ、口内を彼の舌が我が物顔で荒らしまわる。普段ならそれだけで終わるはずなのに、今日は違う。

汗ばんだ肩にもう一人の舌が這い、首筋に軽く歯を立てられる。

二人というより一人が前後から攻めているみたいだ。息はぴったりで、完全にアマリエを虜《とりこ》

にしてしまう。

「あぁあ……もう、あっ……もっと……！」

完全にアマリエの目はとろんとしてしまっていて、与えられる快感を夢中で貪っている。

背後から送り込まれる律動。それに合わせるみたいに、前にいるヴァラデルが二人の繋がっている場所に手を忍び込ませてくる。

「んぁぁっ……そこ、触っちゃ、だめっ……！」

太い雄杭を飲み込んでいる場所を指でなぞられ、溢れた蜜が指にまぶされる。それから、その指で硬くなった芽をなぞられたら、軽く絶頂に達してしまった。

「今の締め付けは、ちょっとやばかった」

「そうだな、俺もやばいと思った」

蜜に濡れた指の間に、弾けそうな淫芽を挟んで揺さぶられ、残った指で繋がった個所《かしょ》をくすぐられればまた新たな喜悦が押し寄せてくる。

何度も絶頂に達した蜜壁は、埋め込まれたものを強く締め上げ、また絶頂目指して強く締め上げる。

アマリエが絶頂に達する瞬間を狙いすましたみたいに、ヴァラデルも律動を強めてくる。

最奥を濡らされる感覚。ずるりと引き抜かれたら、すぐにもう一人が押し入ってくる。

シーツの上に押し倒され、天井を呆然と見上げていたら、再び四本の手が身体中を這いまわり始めた。

脇腹をくすぐる手。乳房を持ち上げて揺らす手。顎の下をくすぐり、耳を愛撫し、さらにはいたるところに口づけが落とされる。

入れ替わり立ち替わり、二人がかりで抱かれているうちに、完全に快感に支配されていた。

向き合う形で膝の上に抱えられて揺さぶられ、達したかと思ったら、くるりとひっくり返される。

シーツに手足をついて背後から貫かれた姿勢でまた極みに到達したあと、シーツに背中を預ける。今度は両方の膝が強く折り曲げられて、奥の奥まで律動が打ち込まれ、はばかることない嬌声を響かせ続ける。

一人がアマリエを抱いている間、もう一人も休むなんてことはなかった。愛おしげに髪を撫で、頬に口づけ、そうかと思えば敏感な場所に狙い定めたような刺激を加えてくる。

――もう、何度上り詰めたのかわからない。

最後に名残惜しそうに身体が離されて、アマリエはぐったりとシーツに沈み込んだ。

「……は、あぁ……」

快感の余韻に浸っていると、髪が優しく撫でられた。それからもう一本の手が加わって、二本の手で髪が撫でられる。

二人を同時に抱きしめたいのに、手がうまく動かない。

身体を隠す余裕もなくただせわしない呼吸を繰り返していたら、ぴたりと『二人』が寄り添ってきた。

両側から温かい体温がアマリエを包み込んで、その温かさにうっかり全身で浸りそうになる。

「私……」

もうしばらくの間だけ、ここにいてもいいだろうか。

その先は言葉にはならず、ただ、彼の体温に縋るみたいにして眠りに落ちた。

第八章　そして聖女は花嫁となる

（……もう、外に出ない方がいいのかしら）

ソファに足を抱えて座り、部屋にこもっていれば、嫌な方にばかり考えが向いてしまう。

勇者パーティーの一員に選ばれ、旅立った時のことが頭をよぎる。あの時も、アマリエは深くフードをかぶって顔を隠していた。

あの時は顔を見せない方がいいと言われて、それで納得していたけれど。魔王を倒し、人間界に平和をもたらすのだとあの時は無邪気に信じ込んでいた。

『勇者様、頑張ってください！』

『魔王を倒してください！』

そうやって見送ってくれる人達に、ウィルフレッド達は笑顔で手を振っていた。彼らの声に背中を押されるようにして都を出発したのが遠い昔みたいに思えてくる。

あの時は、こんな未来が待ち受けているなんて想像もしていなかった。

ヴァラデルからアマリエの世話係を申しつけられているティカも、アマリエが引きこもってしまっているので落ち着かないみたいだ。

「アマリエ様、チョコレート食べます……？」

「ううん、今はいらない。ありがとう」

「お茶は飲みます……？」

「ううん、大丈夫。ありがとう……ごめんね、心配させて」

次から次へと様々な提案をしてくれるけれど、アマリエは首を横に振ってそれを断る。それでもめげずにティカは、大きな目を不安そうに揺らめかせながらも、アマリエの側についてくれていた。

はぁぁっとアマリエは大きなため息をついて、こてんと座っていたソファに横倒しになった。部屋の中央に置かれているソファは、とても立派なものでアマリエの身体を柔らかく受け止めてくれる。

「それともお散歩とか……庭園の花が綺麗に咲きましたです！」

「ちょっと、待ってもらっていいかしら。今は……」

首を横に振って断ろうとしたら、ティカがじーっとこちらを見つめてくる。ものすごく気まずい。

そっと視線をそらすと、ヴァラデルがひょいと部屋の中に姿を見せた。

「わっ、びっくりしました……！」

急に姿を見せるのでびっくりした。跳ね上がった心臓を押さえるみたいに手を当てる。

「いつまで引きこもっているつもりだ、アマリエ。リュフェムに買った屋敷を見に行くぞ」

「ヴァラデルさん、でも、私……」

この部屋から外に出るのが怖い。

それに、今日は朝から気分がよくなくて、まだ部屋着のまま。

外に出られるような格好ではない。部屋の外に出ない言い訳を探していたら、ヴァラデルはアマリエの迷いを払うみたいに笑った。

「いつまでも、部屋にこもっていてもしかたないだろう。それに、リュフェムじゃお前の噂なんて誰も聞いてないぞ。いちいち気にしていても始まらない」

「……だけど」

座っていたソファの背もたれをぎゅっと摑んでうつむいたけれど、反論の余地は与えられなかった。

「今日はこれを着ろ。何を着せても可愛らしいが、今日は、これがいい。ティカ、この服に合うリボンを探してこい」

「かしこまりましたですっ！」

ヴァラデルがアマリエを外に連れ出すつもりだとわかったティカは、ぴょんと跳ねるみたいにして立ち上がると、ばたばたと駆け出していった。

「一人で着替えられますけど……？」

嫌な予感がして、アマリエはソファの上でじりじりと動き、彼との距離をあけようとする。

「俺がそうしたいんだから、気にするな」

「そ……それは困ります！」

身体を捩って抵抗しても、ヴァラデルにかなうはずもない。抱え込まれたかと思ったら、次の瞬間には部屋着のボタンが外され、下着だけにされてしまう。

「そ、そうしたいからって！　私、子供じゃありませんよ！」

「子供じゃなくても、傷ついてはいるだろ？　俺が甘やかしたいんだから気にするな」

「そうじゃなくて！」

甘やかしたいという彼の気持ちは嬉しくないわけではないが、人が着ているものをぱぱっと剝いでしまうのはありなのか。

「私……自分で、着替えられます、よ……？」

もう一度そう言ったけれど、それでも彼を止めることはできない。

クローゼットから取り出した明るい黄色のドレスをアマリエに着せつける彼は、鼻歌まじりで、なんだかとっても楽しそうだ。

「あの、ヴァラデルさん……？」

「俺が、したいんだ。お前のことをたくさん甘やかしてやりたい」

性的な雰囲気などまったく感じさせない手つきで、彼はアマリエの頬を撫でた。こちらを見る彼の目はとても甘くて、アマリエは彼から視線をそらせなくなる。

（この人、一応魔王ですよね……？）

もう何度目になるのか数えきれないくらいだけれど、心の中で突っ込んだ。

魔王といえば諸悪の根源とずっと教えられてきた。その魔王が、うきうきしながらアマリエに服を着せつけている光景は自分で見ても奇妙というかなんというか。

(だけど、甘やかしてやりたいって……それは、どうかと思うのよ)

それなのに、胸の奥からじわりと込み上げてくる幸福感。

ほわんとしながら片手で頬を押さえている間に、背中のボタンが一番上まで留められた。

「そ、それは自分でできます……！」

「いいからいいから」

「よくないです……！」

ソファに座らされたかと思ったら、室内着に合わせて穿いていた短いソックスがつま先から抜かれる。

そして彼が取り出したのはシルクのストッキングだ。腿のところでガーターリングで留めるようになっているけれど、それを着用しようと思ったら、スカートをかなり上の方まで捲らないといけないわけで。

「何度もお前を抱いているんだから、今さらだろうに」

「そ、それとこれとは別問題ですよっ！」

たしかに彼の前では何度も素肌をさらしているので今さらと言えば今さらなのかもしれない。だけど、羞恥心を覚えないわけではないのだ。

「そうやって恥ずかしがっている顔もいいな。これからは毎朝俺が着替えさせてやろうか」

「遠慮しますぅ……ひゃあっ」

彼の手が慎重にストッキングを穿かせてくれる。柔らかなストッキングが肌を滑る感覚は、どこか愛撫にも似ていた。妙な声が上がりそうになるのをこらえている間にガーターリングまでが装着される。

「ありましたぁ！　お揃いのリボン！」

高々とティカが抱えて持ち帰ってきたのは、ドレスと同じ布で作られたリボンだ。ティカが髪を結ってリボンをつけてくれれば、身支度も無事に完了だ。

「笑え。屋敷を見に行くんだから――それから、リュフェムに行くなら、神父殿にも会いに行くか」

言われて懸命に笑みを作ろうとするけれど、唇が引きつったみたいになってしまう。ヴァラデルは、ひょいとアマリエを抱えあげると、玄関ホールへと向かった。

「あ、あのっ、私、歩けますよ？」

「わかっている。俺がこうしたいんだからいいだろ？　俺の願いをかなえろ」

「俺の願いをかなえろって……そんな、あんまりですよ……」

だけど、彼の腕はアマリエを離そうとはしない。しかたがないので、彼の首に両腕をしっかりと巻き付けて、首筋に顔を埋《うず》める。

（……私は、迷惑ばかりかけているのに）

宝物みたいに抱えられて丁寧に運ばれるのは、申し訳なさを抱える反面、アマリエにとっては至福のひと時とも言えた。

ヴァラデルは、アマリエが、落ち込んでいるのを知ってこんなことをしてくれたのだろう。アマリエを大切にしたい、二人分愛してやると口にしたのを実現しているみたいに。

「行ってらっしゃいませ」

「お気をつけて」

家妖精達が忙しく立ち働く間を通り抜け、玄関ホールへと降りる。

リュフェムに買った屋敷に続く扉を開き、中へと足を踏み入れた。抱えられたままのアマリエは、室内の様子に目をやって驚愕《きょうがく》する。

「い、いつの間にここまで改修進んだんですか……」

真っ先に目についたのは、猫足が優雅な低めのソファ。そのソファには、アマリエが一生懸命選んだ花柄の布が張られている。

カーペットは、ソファに張られた布と同じ花柄が織り込まれたもの。

ウォルナット製のテーブルは、縁と脚に細やかな彫刻が施されていて、どこの貴族の屋敷に置かれていてもおかしくはない仕上がりだ。

窓に揺れるベージュのカーテンは優雅なドレープを描いていて、この部屋の主は女性だと主張しているよう。

「少し急がせただけだ。この屋敷の改修工事が終わらないと、お前の住んでいた教会に通いにくいだろう?」

「——だけど」

こんなにもしてもらっていいんだろうか。

ヴァラデルにとって、アマリエの存在はそこまで価値のあるものなのだろうか。

「馬車もあるぞ。それから、使用人も用意してある」

「本当に仕事が早いんですね……」

「当たり前だ。アマリエのためだからな」

こうしてみると、ヴァラデルというのは本当に品があって、どこの貴族と言われても納得してしまうような不思議な貫禄《かんろく》がある。

もちろん千年以上魔族を束ねてきたという自信もそれに繋がっているのだろうけれど、アマリエにとって、彼はあまりにも眩《まぶ》しい存在であった。

「歩くか？　馬車に乗るか？」

「……馬車でお願いします」

正直なところ、人前に出るのは怖かったので、アマリエは馬車で行くことを選んだ。

馬車の中から、外の光景に目をやる。

新聞を売っている場所はいくつも見かけたけれど、アマリエが恐れていたみたいに、『魔女』についての記事は見つからなかった。

そのかわりメインで取り扱われているのは、勇者ウィルフレッド達。

ウィルフレッドとラウレッタの恋愛模様。

魔王を倒した功績でフィーナは、魔法研究所の職員に任ぜられることが確定したそうだ。

エミルも貴族として爵位を与えられるのだとか。

ぼうっと窓の外の光景を見ていたら、少しずつ気持ちが落ち着いてくる。この町の人達は、アマリエには興味がないみたいだ――それなら。

出迎えてくれた神父は、以前と変わらなかったのでほっとした。

教会の応接間に通され、子供達がお茶を用意してくれるのを待つ。今日はナッツのクッキーがお茶うけとして用意されたようだ。

茶葉はさほど上質というわけではないけれど、丁寧にいれられていい香りを漂わせている。

「このお茶をいれた子は、商人の屋敷に奉公が決まったよ。お嬢様の付き添いとして」

「よかった……字を学んでおいてよかったですね」

貧しい人達の識字率はさほど高くないから、字を読めるというのはそれだけで就職の幅が広がるということでもある。

アマリエが聖女として旅立ったおかげで、孤児院の子供達に十分な教育を与えてやるだけの余裕も生まれたのだ。

（いい変化があったのなら、旅立ってよかったのかも）

ほっとしているアマリエの横でヴァラデルが話題を変えた。

「そうだ、神父殿。この間頼んだことだが、この教会で結婚式はできるのだろう？」

「教会の修繕が終わったら、もちろん。お待ちしておりますとも」

結婚式って、誰と誰の結婚式なんだろう。

問いかけることもできずに、アマリエは紅茶のカップに視線をやった。

茶葉同様に、このカップもさほど高価な品というわけではなく、アマリエが子供だった頃からずっと使われていた品だ。

周囲に描かれていた絵は、何度も使われて少しかすれ始めているけれど、丁寧に大切に使われていて、欠けたところなど一つも見当たらない。

(結婚式……羨ましいな)

教会と同じ敷地の中にあるから、結婚式は何度も見てきた。裕福な人達は、結婚式用にわざわざ新しい衣装を仕立てて。貧しい人達は手持ちの中で一番いい服を着て。

貧富の差はさまざまであったけれど、彼らに共通しているのは、幸せそうな微笑みだった。

——もし。結婚式で彼の隣に立つことが許されたなら。

ヴァラデルは何を着ても素敵だ。アマリエだって、わざわざ結婚式用に服を仕立てる必要はない。手持ちの服の中から、一番お気に入りのものを身に着ければ。

「——そうそう。勇者様のことなのですが」

勇者と聞いて、一瞬幸せな空想に浸りかけていたアマリエの身体がこわばった。

アマリエを使い捨てにしようとしたウィルフレッド。彼のことなんか、聞きたくない。

耳を塞ごうとしたけれど、ヴァラデルがアマリエの手を取って、握りしめる。神父の目の前であるにもかかわらず。

「なんでも、魔王というのはまだ生きているそうですな？」

「ああ。魔族を統べる『王』と呼ばれる存在は何体かいる。セエレは死んだが魔王は生きていると言っていいだろう」

「新しい魔王『レガルニエル』を倒しに行った勇者様達だが――魔女アマリエに邪魔をされたとか」

神父の口から出たアマリエという名に、胸がぎゅっと掴まれたみたいになった。

町中の新聞にはアマリエのことなんて何も書いてなかったのに、神父の耳には入ってしまったというのか。

「まったく、アマリエと同じ名前の魔女だなんて気持ちが悪くてしかたない――それに、ラウレッタ様が新しい聖女となったのだろう？　もう、お前の役目が終わったということで安心しているよ。やはり魔王との戦いは心配だからね」

違う、と口を挟もうとしたけれど、ヴァラデルによってそれも阻まれてしまった。

彼は、アマリエの手を強く握ったまま神父に微笑みかける。

「そうだろう、そうだろう。アマリエのような優しい娘を、魔族との戦いに駆り出すだなんてとんでもない」

でも、とまた口を挟もうとしたら、それもまたヴァラデルによって阻まれてしまった。彼の手が、アマリエの手を強く握りしめる度に、身体が痺れたみたいになる。

「レガルニエルは小物。それよりも、『ヴァラデル』と呼ばれる魔王の方が問題なのだとか。

あなたと同じ名前ですな」

神父の言葉に、ヴァラデルは器用に片方の眉だけを上げて応じた。

「珍しくもないだろう。アマリエの名前だって、魔女と同じだ」

「ええ、それはもちろん……この孤児院にも同じ名を持つ子供がいたこともあります。珍しい名前ではない――ただ」

こほんとひとつ咳《せき》ばらいをし、意味ありげに一度言葉を切る。大きく息をついてから、神父はもう一度口を開いた。

「ですが――一つお伝えしておいた方がよいでしょう。勇者様は初代勇者の手にした剣を探しに行ったのだと言います。その剣を入手したならば、彼らは、レガルニエルだけではなくヴァラデルをも退治するでしょうな。史上初めて三人の魔王を倒した勇者が生まれるということになるわけです」

この孤児院には、今でも多額の寄付金が王宮から届けられているのだという。それは、「アマリエが聖女であったことを口外するな」という口封じの意味もあるらしいと神父は語った。

今の話は、その寄付金を届けてくれた使者が教えてくれたものなのだとか。

「たぶん、私達の様子を監視しているというのもあるのでしょうな。余計なことは口外しないに限るというのに」

「くだらないな」

「私も、そう思いますとも」

ヴァラデルと神父が意味ありげに言葉を交わすのを、アマリエは呆然と見ていた。

この人達、いったい何を考えているんだろう。

けれど、アマリエの困惑はそこまで。

「ですから、『ヴァラデル』様には期待をしているのですよ。アマリエを幸せにしてくださると」

ヴァラデルが新たにこの地に産業を興そうとしているので、孤児院を離れる子供達を雇いたいなどという方向に話題は変化する。

(……そうね、考えてもしかたないもの)

勇者であるウィルフレッドとその一行が何をしようとしているのか、今アマリエが考えたところでしかたがない。人間を裏切った魔女として名前が知れ渡ってしまったことも。

神父にまたの訪問を約束し、馬車の方へと戻る。ヴァラデルに問うまでもなく、アマリエはぼそりとつぶやいた。

「神父様は……何を考えているのかしら?」

「何、彼はすべてを知っているというだけの話だ。そして、お前を信じている——だから、俺にお前を任せてくれた」

「本当でしょうか……?」

すべてということは、彼はヴァラデルの正体も知っているのだろうか。以前『城』とヴァラデルが言っても反応しなかったのは、最初から気づいていたから?

その上で、アマリエとの関係も祝福してくれている。本当に……？

疑問に思ったけれど、ヴァラデルはそれ以上アマリエの追及を許さなかった。

「……まったく、あの勇者。殺した方がよかったのではないか？」

「殺すって」

馬車に乗り込むアマリエに手を貸してくれながら彼はぼやき、物騒な物言いにアマリエは目を伏せる。

「まあ、初代勇者の剣とやらもどこにあるのか俺は知っているがな——あの男が剣を入手できるかどうか、使い魔に確認させておこう——ほら、行ってこい」

ヴァラデルは、勇者達一行がどこに向かおうとしているのかちゃんと知っているみたいだった。

彼の手から生まれた白い鳥が、人目につかないように飛び去っていく。

「……安心しろ、アマリエ」

続いて馬車に乗り込んできた彼が、そのままアマリエの方へ身をかがめる。

「お前を守るのは、俺だ」

そう言われてときめかなかったらどうかしている。

彼から口づけられて、簡単に心を奪われてしまった。

◇　◇　◇

ヴァラデルの城は、勇者一行が攻めてくるかもしれないという状況でも、いつもと大差なかった。ヴァラデル自身が、うろたえるなと城にいる魔族達に命令したからだ。

「アマリエ様、お菓子を焼きましょう！」

「そうねぇ……じゃあ、何が作れるか、厨房を見てみましょうか」

じゃれついてくるティカを連れて厨房へと向かう。

この城の果樹園は季節無視なので、使いたい材料がいつでも手に入るのはありがたい。

ナッツのパウンドケーキに生クリームとイチゴのケーキ。あとは桃をコンポートにして冷やしておこう。

「――大変！　大変です！」

いつもと同じようにお茶の準備を進めていたら、ばたばたとティカの同僚が駆け込んできた。

厨房いっぱいに漂う甘い香りに、一瞬鼻を引くつかせるけれど、すぐにきりっとした表情に戻る。

「勇者一行が攻めてきました！」

「……嘘っ！」

ヴァラデルの城は、魔界の中でも割と奥の方にある。

こうやってのんびりしていた理由には、レガルニエルの城が手前にあるので、まだ少し余裕があると判断していたというのもある。

レガルニエルの城にヴァラデルが援軍を送っていたのも知っているし、何かあればまずレガルニエルから連絡があるものとアマリエは思い込んでいた。

「レガルニエル様は、勇者に怯えて逃げ出したみたいですよ！」

「そんな……」

あの時顔を合わせたレガルニエルは、たしかに線の細い美少年風の容姿の持ち主だった。

だからといって、勇者からさっさと逃げ出さなくてもいいではないか。

以前、ウィルフレッド達が攻めてきた時には、なんだかんだと言って返り討ちにしていたのに。

（……まさか）

不意に嫌な事実を思い出す。

あの時のウィルフレッドは、支援魔法もかかっていない状態だった。だから、レガルニエルに返り討ちにあってしまった。

けれど、あの後、ウィルフレッド達は初代勇者が使ったという剣を探しに旅に出たはずだ。

もし、その剣が――アマリエが勇者パーティーにいた時よりも、強烈な支援を与えるものであったとしたら、レガルニエルがかなわないと判断したのも理解できるような気がした。

（ひょっとして、ヴァラデルさんも危ないかも――！）

そこまで考えて、不意にそのことに思い至る。ヴァラデルの力がどの程度のものなのか、本気を見せてもらったことはない。

だが、相手の戦力がどの程度なのかわからない以上、どれだけ用心しても足りるということはないはずだ。

「ごめんなさい！　あとはお願いっ！」

アマリエは、作りかけのケーキを調理台の上に放置して走り出した。

「ヴァラデルさん——ウィルフレッド達が来たって！」

彼の執務室に飛び込んだら、ヴァラデルはのんびりと中継水晶を眺めているところだった。

彼の周囲には、いくつもの水晶が浮かんでいて、そこには城内のあちこちの光景が映し出されている。その中には、正面の門のところをまさに突破しようとしているウィルフレッド達の姿もあった。

「ああ、そうだろうな。大丈夫だ、問題ない——勇者一行には手を出すな。攻撃されないように隠れてろ」

たぶん、城内にいる魔族達に指示を伝えているんだろう。勇者達が正面の門を開き、堂々と乗り込んでくる様子が映し出されるけれど、彼らの前に立ちふさがろうとする者はいなかった。

「も、ももも、問題ないって！　どうしよう、私のせい、ですよね……！」

もし、アマリエがこの城にいなかったら、こんなことにはなっていなかったのではないだろうか。アマリエがおろおろとしていたら、ヴァラデルはふっとため息をついた。

「言っておくが、お前は悪くない。お前がこの城にいようがいまいが、ウィルフレッド達は、レガルニエルを攻撃したし、レガルニエルを倒したとしたら、その後は俺を倒しに来ただろう。あいつらは、上昇志向が強すぎる。セエレを倒したところで満足しておけばよかったんだ」

こんなにヴァラデルが落ち着き払っているということは、レガルニエルは無事なんだろうか。

問いかけようとしたところで、ヴァラデルは立ち上がった。

「だが——出迎えくらいはしてやるか。アマリエ、お前も一緒に来るか？」

「わ、私で役に立つのなら……！」

本当は、ウィルフレッド達と向き合うのは怖い。

彼らと直接顔を合わせたのは、レガルニエルの城が最後。

あの時、彼らはアマリエに憎悪の目を向けていた。その後、アマリエが人間を裏切った魔女であると根も葉もない噂を流したのもまた彼らだ。

(……それに)

ヴァラデルと共にあるということは、人間の側ではなく魔物の側に立つということになってしまう。今度こそ、本当に人間と敵対する側に回ってしまう。

——それでも。

彼についていくと決めた。だから、これでいいのだ。

ヴァラデルが勇者達との対峙《たいじ》の場に選んだのは、城内で一番広い部屋だった。

アマリエがこの城に来てから使われたことはまだないけれど、城に数百体の魔族を招待した時などに使われる大広間だ。

床には真っ赤な絨毯《じゅうたん》が敷き詰められ、入り口から一番遠いところに王座が用意されている。

「よし、勇者一行を待ち構えるとするか！」

妙にうきうきとしながら、彼はその王座に腰を下ろした。

それはいい。彼はこの城の主なのだから、彼が一番いい場所を占めるのはわかる。

問題は、アマリエだ。

「ひとつ聞いてもいいですか。なぜ、私はここにいるのでしょう……？」

王座に腰を下ろしたヴァラデルの膝の上に、横抱きにされているのはなぜだ。

厨房でお菓子を作っていたところなので、今着ているのはティカとお揃いのメイド服。完全に油断した格好で、人前に出るためのものではない。

「俺が、お前を離したくないからだ」

「いえ、これってどうかと思うんですよ！」

彼の膝に抱えられたアマリエは、右手を高く上げて力説する。

だって、これからここは戦いの場になろうというのだ。

それなのに、膝の上にエプロンをつけたアマリエを抱えた魔王が勇者を出迎えるだなんて、緊張感の欠片《かけら》もない。

せめて隣に立つとか、王座の後ろに隠れるとか、他に場所ならいくらでもあるのによりによって膝の上。

「落ち着け——来るぞ」

手足をばたばたさせて逃げようとしているアマリエの耳元でささやく彼の声は、今日も無駄に色気過剰だ。

その色気にやられまいと、首を縮めるのと同時に広間の扉が大きく開かれた。

「よく、逃げなかったな——魔王！」

バーンと音を立てて扉を開き、勢いよく入ってきたのはウィルフレッドだ。

彼が先頭ということは、扉を開いたとたんに攻撃されるということは心配していなかったんだろうか。

銀色に輝く勇者の装備。そして、彼の半歩後ろから、シールドを構え、手に剣を持ったエミルが続く。魔法使いのフィーナ、そして——聖女ラウレッタ。

「俺が怖くて逃げ——逃げなかったのは、か、か、感心なことだな！」

一瞬、ウィルフレッドの目が、ヴァラデルの膝の上にいるアマリエに向かう。

そして、言葉に詰まったので、なんだか申し訳ない気になってしまった。せっかくの決め台詞《ぜりふ》だったのに。

アマリエが申し訳ない気になるのもなんだか違うと思うけれど、たしかにこの場にいるのに緊張感がなさすぎるのは自覚がないわけではない。

「——おい、聞いているのか？　そ、その魔女、ともども、お前を抹殺してやる！」

気を取り直して続けた台詞は、やはりどこかしまらないものだった。

（まさか、これを想定して私をここに連れてきたわけでは……ないわよね……？）

心の中で思わず自分に問いかけた。ウィルフレッドの気勢をそぐのには、この状況はある意味最適かもしれない。

「ほほう、ずいぶんと威勢がいいことだ——お前が勇者か。俺を倒す？　お前にそんなことができると思うのか？」

「ちょ、ヴァラデルさん——押さえてもらっていいですか！　威圧！　威圧されてますから私まで！」

にやりとしたヴァラデルが、今までの悠然とした雰囲気から一瞬にしてがらりと雰囲気を変える。彼の放ったその殺気に、膝の上にいるアマリエまで圧倒されてしまった。

勇者達だけではなく、アマリエまで威圧してどうしようというのだろうか。

アマリエの言葉に、こちらを見下ろした彼はにやりとした。

「おや、これはすまなかった——俺の愛しい『妻』を怖がらせるつもりはなかったのだがな」

その様子を見ていたアマリエは、不意に気がつき、そして心の中で突っ込んだ。

（この人、楽しんでる！　この状況を楽しんでる、絶対！）

というか、芝居で観《み》た魔王そのままを演じているというか、なんというか。

（今、目の前にいるのは一応本物の勇者なのですけれども！）

アマリエの心の叫びは、たぶん、ヴァラデルには気づかれているだろう。気づいているだろうけれど、完璧に無視された。緊張感というものが完全に抜け落ちている。

（……というか）

今、彼はアマリエのことを『妻』と言った。それって、本気……なんだろうか。芝居なのか、本気なのか。そんなことをこの状況で言われても困惑するだけ。

今、問いただせるような状況でもないし――というか、これがお芝居なのだとしたら、最高の舞台のような気がしてならない。メイド服のスカートを意味もなく引っ張りながら、彼の膝の上でおとなしくなってしまう。

「――さて、せっかく勇者と対峙するのにこの舞台では無粋だな」

足を組んで王座に座り――膝の上には家事仕様の服装をしたアマリエを乗せたまま――ぱちり、と彼が指を鳴らす。

指が鳴るのと同時に、あたりの光景が一瞬にして変化した。

明るい大きな窓は、小さく、光をほとんど通さないものへ。床に敷かれていた敷物は取り払われ、不気味な魔法陣の描かれた床がむき出しとなる。

壁掛けも姿を消して、石造りの壁が現れたかと思ったら、暗くなった室内にぼーっとした明かりがともる。その明かりとなっているのは、人の亡霊と受け止められてもおかしくない青白い光だった。

「なっ……なっ……」

あまりの出来事に、ウィルフレッド達は言葉を発することができない。

アマリエも呆然としてそれを見ていた。

（いくらなんでもやりすぎでしょう、これは！）

指を鳴らすだけで、彼が身に着けていたものが瞬時にして取り払われていたりだとか、魔力で馬車やそれを引くための馬を生み出したりするのも実際に見たことある。

けれど、いくらなんでも、部屋中一気に変化させるなんてやり過ぎだ。

変化させた本人は、にやにやしながら楽しんでいるし！

「ちょっとヴァラデルさん！　これはどういうことですか！」

アマリエの方も、自分の変化に気づいたとたん、大声を上げてしまう。

つい先ほどまで家事をするのにふさわしい装いだったけれど、今の一瞬でアマリエの身に着けているものも変化していた。

紫のレースをポイントにあしらった黒いドレス、視界の隅を横切る黒いレース。

手をやって確認すれば、頭にレースのついた帽子をかぶらされているらしい。手を覆うのは、ドレスと同じ紫のレースで飾られた黒い手袋。

ちらりと胸元に目をやればそこは大きく開いていて、白い肌と黒いドレスの対比がアマリエとしては艶《なま》めかしく――。

（……ってそうじゃないから！）

心の中で突っ込むも、スカートは何段ものフリル。そして、真黒な花の飾りがつけられていて身動きするのも難しい。

「お前には、黒もよく似合うな。さすが、俺の花嫁だ」

「花嫁……？」

完全に、彼の台詞はウィルフレッド達を刺激するものだった。

いや、ヴァラデルはわざとやったのかもしれない。ウィルフレッドの反応を見る限りでは、思いきり馬鹿にされたと受け取っているようであるし。

「俺達を無視するのはやめてもらおうか！」

「別に無視したわけではないのだがな。客人を迎えるのにふさわしい装いに変えただけだ」

ヴァラデルの方も、黒一色の装いに変化していた。

黒いシャツ、黒い上着、ズボンも黒く、立派な剣を吊《つ》っている。そして、黒一色のマント。

彼の黒い髪が、まるで飾りのように彼の顔の周囲を覆っている。

そして、「無駄」に発散される威圧感。

やはり、彼は『魔王』なのだ。

「さて、勇者ご一行。なぜ、お前達がここまでスムーズに来ることができたと思う？」

「それは、この！　初代勇者様の聖剣の力を借りた俺にはかなわないと思った魔族達が逃げ出したからだろう」

ウィルフレッドが、抜いた剣を高々と掲げる。

その様子に、ヴァラデルがふんと鼻を鳴らした。

「――魔王！　覚悟するがいい――！　フィーナ！」

「まかせて！　火球魔法！」

フィーナが巨大な炎の球を宙に浮かび上がらせる。

その炎の球は、ヴァラデルと彼に抱えられたままのアマリエの方へ一気に押し寄せてきた。

「ちょ──ヴァラデルさんっ！　これはまずいですっ！」

フィーナの魔法がどれだけ強力なものか。彼女と行動を共にしてきたアマリエはよく知っていた。けれど、ヴァラデルは小さく笑った。

「──この程度で、魔王を倒すことができると思ったか？」

小さく笑ったとたん、彼の手の一振りで炎は消えた。

「下がっているがよい、わが花嫁よ」

「だから！　誰が！　花嫁……！」

彼はアマリエをそっと王座の陰に下ろしてくれた。それから腰に下げていた剣をすらりと抜くと、ウィルフレッドに向けて声をかける。

「さあ、来るがよい、勇者よ！　この部屋の床を、お前の血で赤く染めてやろう」

どう贔屓目に見ても、悪役の台詞である。いや、魔王なのだから悪役でいいのかもしれないが──ヴァラデルと過ごした時間が長いアマリエからすれば複雑であった。

そして、ヴァラデルのその行動は、ウィルフレッド達を燃え上がらせることにしかならないようであった。

「お前のような魔王に負けるものか！　皆、援護を頼むぞ！」

力強くウィルフレッドが宣言する。

そう言えば、同じような台詞を前にも聞いたことがあった。

あの時は、アマリエはウィルフレッドの背後にいて、彼の背中しか見ていなかった。

今は、あの時とは真逆の位置に立っている。ヴァラデルには、花嫁と呼ばれて、魔王の隣にいる者として。

「――火矢魔法！」

フィーナの攻撃魔法がヴァラデルを直撃する。

激しい爆発音が起こり、石造りの床が削れて舞い上がった。その煙の陰から攻め込んできたのはエミルだ。

「くらえ！　俺の一撃！」

エミルが力いっぱい振り下ろした剣をヴァラデルは余裕で受け止める。

軽く腕を振れば、エミルは勢いよく吹っ飛んだ。

王座の陰から、はらはらとしながらアマリエはその様子を見ていた。

ありったけの支援魔法をヴァラデルにかけるものの、彼の力が強すぎてアマリエの支援なんてさほど役に立っているようにも見えない。

「どうした？　これで終わりか？」

挑発するようなヴァラデルの声。

再びフィーナが攻撃魔法を繰り出し、素早く立ち直ったエミルが突っ込んでくる。

（……おかしい）

戦いから一歩引いたところから見ていたからだろうか。アマリエは違和感を覚えて、その違和感の原因を探ろうとした。

（フィーナの攻撃魔法、エミルの攻撃――）

さらにフィーナの攻撃魔法、そして彼女の援護を受けたエミル。

後方にいるラウレッタは回復役だから攻撃に加わらないのはいいとして、ウィルフレッドはどこにいった。

「ヴァラデルさん――、ウィルフレッドがいない！」

そして、違和感の正体に気づいたアマリエが声を上げた瞬間――ヴァラデルの身体が、茨のようなものに拘束された。

「わが王家に伝わる、茨の鎖よ。勇者と王女が力を合わせて初めて使えるの。この拘束からは、何ものも抜け出すことはできないわ。魔王と言えど、これにはかなわなかったようね」

勝ち誇ったような声を上げたのは、ラウレッタだ。

王家に伝わる茨の鎖――そんな切り札があったなんて。その存在さえ、アマリエは知らなかった。

「――今よ！　ウィルフレッド！」

「任せろ！」

ラウレッタの言葉に、今まで鎖を作るのに協力していたウィルフレッドが飛び込んでくる。

次の瞬間、勇者のひと太刀が、ヴァラデルの身体を上下に切り裂いていた。

「ヴァラデルさんっ、ヴァラデルさん――！」

身を乗り出し、王座のひじ掛けを摑んだアマリエが悲鳴を上げるが、さすがのヴァラデルも、右肩から左の腰にいたるまで大きく切り裂かれては、動くこともできない。

一歩よろめいたところに、追撃が加えられる。ヴァラデルの心臓を貫く形で。

心臓を貫いた勇者の聖剣は、ヴァラデルの血にまみれて背中から突き出ていた。

「いやあぁぁぁぁあっ！」

アマリエの悲鳴が、広間中に響く。

先ほどまで、芝居気たっぷりにふるまっていたから余裕だと思っていたというのに――どうして、こんな。

ヴァラデルに駆け寄ろうとするものの、ドレスの裾を踏みつけて無様にその場に転んでしまった。慌てて起き上がろうとして、またドレスの裾を踏みつけてしまう。

三度目に立ち上がろうとしたところで、目の前に剣の切っ先が突き出されているのに気がついた。

「ウィルフレッド……」

かつて、共に旅をした仲間。

いや、魔王セエレを倒すまでは、アマリエは仲間だと思っていた。

互いに笑い合った日もあったというのに――どうして、今、こうやって敵と味方にわかれてしまっているのだろう。

「……なぜ、こんなことをしたんですか……？」

アマリエの問いは、あまりにも馬鹿げたものだったかもしれない。彼らからすれば、ヴァラデルを倒すのは当然のことだった。

けれど、芸術を愛し、美味を味わい、アマリエを愛してくれた——大切な、存在。その存在を目の前で奪われて、問いただすことしかできない自分が嫌になる。

「なぜって。魔族と人間は相いれないものだろう」

「そんなこと……ヴァラデルさんは、人間に脅威を及ぼすような人じゃなかったですよ」

どうして、彼のことを仲間と思えたんだろう。

許さない——絶対に、許さない。

床に座り込んだアマリエの手が、床の上を這う。

ヴァラデルが持っていた剣を握りしめ、自分の方へと引き寄せた。

「お前は、魔族に魂を売った女だからな——まったく、なんで生き残ってるんだよ」

「どうして、私を魔女なんかにしたんですか」

「お前に生きていられると困るんだ。俺達の目的のためにはお前は邪魔だ。俺は、歴史上初めて二人の、いや三人の魔王を倒した勇者になるんだ」

それから、ウィルフレッドは、背後にいる仲間の方に目をやった。

「そうすれば、俺達の願いをかなえてくれると国王陛下は約束してくださった。お前さえいなくなれば、皆幸せだろ？」

聖女として崇《あが》め奉られる立場となったラウレッタを含め、誰も不幸にはなっていない。

ヴァラデルを失い、自分の存在を抹消され、人間の裏切り者にされたアマリエ以外は。

「許さない、許さない、許さない……！」

魔女の烙印《らくいん》を押されてもまったくかまわなかった。育ててくれた神父をはじめ、身近な人達は、アマリエを信じてくれたから。

ヴァラデルの剣を手に、アマリエは立ち上がった。今、目の前にいる存在だけは、許せない。

「あなたは、ヴァラデルさんの気持ちを無視した。人間と共存したいと考えてくれていたのに」

「魔族と共存？　冗談だろ？」

手にした剣を強く握りしめる。

――絶対に、許さない。

アマリエの力では、ウィルフレッドにはかなわないだろう。

それでも、ヴァラデルを殺した人を許せなかった。勇者に剣を向けた魔女と呼ぶなら呼べばいい。

自分は、愛する人の仇《かたき》を取るだけだ。

「聖女の名を騙《かた》った魔女、死ね！」

ウィルフレッドの剣が、アマリエに向かって振り下ろされる。

――ああ、やっぱり無理だった。

その剣を受け止めるべくアマリエも動いたけれど間に合わない。

自分に向かって振り下ろされる剣の動きが、妙にゆっくりと見えた。

だが、アマリエの目の前でふっとウィルフレッドの剣が弾かれる。

「……やれやれ。少しは面白くなるかと思ったのに。面白くないな、お前は——勇者は、芝居の中の存在にとどめておいた方がよかったということか」

「ヴァラデルさんっ！」

「お前——生きていたのか！」

「生きているも何も、最初からやられてなかったぞ？」

指先一つでウィルフレッドの動きを止め、アマリエを背中にかばってくれたヴァラデルは、自分の言葉の通りつまらなそうだった。さきほど倒れたばかりなのにぴんぴんとしている。

そうだ、この人はこういう人だった。

今も、芝居気たっぷりに楽しんでいたに違いない。

——だけど。

「ひ、ひどいですよ、ヴァラデルさんっ！　私、真面目に心配したのに……！」

アマリエは彼の肩を摑んでがくがくと揺さぶった。今、目の前に他の人達がいることも気にならない。

「心配させて！　ひどい！」

「すまないかった——俺にも考えがあってのことだったんだが」

思いきり揺さぶった後、ようやく彼が生きているということを理解した。そのまま彼の胸に飛び込む。

彼の腕の中は広くて温かくて。生きていてくれたことに安堵した。

(私は、この人のことを……)

相手が、どんな存在だったとしてもかまわない。

愛してる、愛してる。何度口にしても足りない。

「――やれやれ。俺がお前に弱いというのをわかってやっているのだから、本当に質《たち》が悪い」

そうささやいたヴァラデルだったけれど、アマリエを腕の中に抱え込んだまま、勇者一行の方へと振り返った。

「俺が死んだふりをすれば、お前達はおとなしく引き上げていくと思ったんだがな。そうではなくアマリエを殺しにかかるとはいい度胸だ」

「な、なぜ生きている？　この剣は、たしかにお前の胸を貫いたはずだ！」

先ほどまで勝利者として立っていたはずなのに、あっという間に形勢は逆転した。

「ああ、そうだったな――お前は、王女の夫になりたいんだったな。そのためにわざわざそんな過去の遺物まで持ち出してきてご苦労なことだ」

アマリエとウィルフレッド達の会話を、ヴァラデルはちゃんと聞いていたらしい。ウィルフレッドが剣を持ち直すのを見て、はんと鼻で笑った。

「何が聖剣だ。それは、俺が五百年ほど前に作ったものだぞ？　俺を倒す役に立つはずないだろう」

「……は？」

その間抜けな声は、今、この場に居合わせたヴァラデルを除く全員の口からもれた。

アマリエもその一人。五百年ほど前に作ったとはいったいどういうことだ。

「その頃から、魔王と魔王を倒す勇者の物語というのは人気でな？　当時の主演俳優に俺が贈ったんだよ。舞台でこれを使ってくれと――舞台上で使う小道具であって、刃はつぶしてあったんだが、誰か打ち直したようだな」

芝居好きにもほどがあるだろう。そう突っ込んでいいだろうか。

というか、魔王というからには自分もやられる側だろうにそれでいいのか、ヴァラデルは。

「ふ、ふ、ふざけるな！」

のんびりとした口調のヴァラデルとは対照的に、ウィルフレッドはきりきりとしていた。

「これはミスリルでできているんだぞ？　ミスリルの剣を舞台で使うとかありえないだろう！」

「俺は本物志向の男だからな！　舞台の上と言えど、ミスリルくらい使っても当然だと思うぞ」

それは違うと思う。

そう心の中で突っ込んだのは、アマリエだけではないはずだ。

ミスリルは膨大な魔力を使って生成される金属だ。そんなものを使った剣が、聖剣ではなく舞台の小道具だなんて誰も信じないだろう。

ずっと昔、ヴァラデルが贈ったという俳優の手元を離れた後、打ち直して誰かが本当に使えるようにしたのだろう。アマリエがその誰かの立場だったとしても絶対にそうする。

初代勇者の聖剣というのは、誰かが箔《はく》をつけるためにその剣に偽りの銘をつけたとかそんなところか。

「──嘘だ！　嘘だ！　俺は認めないぞ！　この剣に恐れをなしてレガルニエルも逃げたのだからな！」

ウィルフレッドが叫ぶ。

彼の世界が、アマリエの目の前でがらがらと崩れていく。

「嘘ではないけどな──まあ、いい。俺が『死んだ』あと、おとなしく引き上げていくのなら、見逃してやろうと思っていた。だが、残されたアマリエにまで剣を向けたとなると、話は違うぞ」

地獄の底から響いてくるような声というのは、こういうことをいうのだろうか。

彼の側にずっといたアマリエでさえ、得体のしれない恐怖を覚える。

「──まずは、お前だ。そこの泥棒猫」

「……泥棒猫──ですって？」

きぃっと眉を吊り上げてラウレッタが叫んだ。そんな彼女に向かって、ヴァラデルは指をつきつける。

「聖女として、役目を果たしたアマリエの地位を奪ったんだ。泥棒猫以外のなにものだというんだ？」

それはそうかもしれないが、『にゃー』というのはどうなんだ──というのは、今するにはあまりにも無粋な突っ込みだ。

「お前は！　魔王の呪いを受けた！　一生語尾に『にゃ』とつけなければしゃべれないようにしてやろう。王女としては恥ずかしいだろう！」

王女じゃなくても、それはすごく恥ずかしい。なんてことをするのだろうと、アマリエの方がぞっとしてしまった。

「な、なんですってにゃ……！　そんなの信じられないにゃ！」

ラウレッタは慌てて、口を押さえる。「にゃ」と語尾につくとちょっと間が抜けて聞こえる。

「それからそこの勇者。お前も同類だ――お前は一緒にブーブー言っているがよい！　愛人が猫だから犬でもいいが、ブーブー言う方が屈辱的だろう！」

「それは屈辱的だわー」

どこか他人事のようにエミルがつぶやく。

いや、お前も同類だろうと突っ込みを入れてもいいのではないだろうか。少なくとも、アマリエを魔族の中に放置して去ったメンバーの中に彼もいたはずだ。

そして、もちろんヴァラデルは、エミルを見逃したりしなかった。

「それからそこの戦士！　お前は――」

ぱちり、とヴァラデルは指を鳴らす。とたん、武器を手にしたエミルはぐにゃぐにゃとタコのように動き始めた。

「な、なんだよこれ――！」

「ああ、武器を持つと同じことになるからな？　日常生活に困るだろうから、ナイフや農具など、日常生活で使うものは例外としてやったぞ！　ありがたいと思え！」

「ファイヤーボー……ひっく！」

「俺がお前を見逃すはず、ないだろう？」

ヴァラデルに背後から攻撃をしかけようとしたフィーナが、急にしゃっくりを始める。

「人間は、魔法を使うのに呪文を詠唱しなければならないだろう。魔法を使おうとするとしゃっくりが出るぞ。魔法使いの道は諦めろ」

「そ、そんな……！」

フィーナが愕然とした声を漏らした。ラウレッタと違い、普通にしゃべる分には、問題ないらしい。

「……ヴァラデルさんの呪いって、怖い」

「生きていく分には、さほど問題ないぞ？」

思わずアマリエはつぶやいたが、ヴァラデルはけろりとしてそう返す。

たしかに、単に生きていくだけならさほど大きな支障はないのだ――たぶん。

だが、王女が人前でにゃーにゃーいうのは威厳というものが存在しないし、それは勇者も同じ。

いくら魔王を倒したところで、にゃーにゃーブーブー言う相手に、誰が真剣に向き合うんだろうか。

王女と勇者という地位に固執する二人にとっては最高に凶悪な呪いだ。

そして、エミル。家を出て貴族として新たな家名を授かり、騎士として生きていくのが彼の夢だった。

だが、武器を手にするとあんな風に踊ってしまうのなら――騎士としては役に立たない。武器を捨て、違う道を選ぶしかないのだ。

それは、フィーナも同じ。魔法使いとして最高の地位を極めたいという彼女の野望を、ヴァラデルは完全に打ち砕いてしまった。

「戻に戻すブー！」

「なんてことをするにゃ！」

口々にわめく王女と勇者。そして、踊り続ける戦士に、呪文を唱えかけてはしゃっくりをする魔法使い。

（これは、あまり見たくない光景かも……）

アマリエはそっと視線をそらしたけれど、怒り狂ったヴァラデルが、この程度で終わりにするはずはないということは完全に彼女の頭から消し飛んでいた。

「お前達、全員この箱に詰まってろ」

「は、箱って……」

ヴァラデルが指を鳴らせば、巨大な箱がこの場に出現する。

「な、何するブー！」

「うるさい、黙れ」

ウィルフレッドがわめくものの、ヴァラデルがもう一度指を鳴らせば、彼の口からは声が出なくなった。どうやらサイレンスの魔法をかけたようだ。

それは他の三人も同じ。それだけではなくて、ヴァラデルによって生み出された鎖に全身を搦め捕られて、そのまま箱の中に放り込まれてしまう。

中でばたばた暴れ回っている音がするが、彼は気にしている様子も見せない。その箱を目の前に、彼は腕を組んで考え込んだ。

「さて、これからどうするか」

「どうするかって、箱に詰めた人達はどうにかしないといけないのでは？」

ばたばたと四人が暴れる音が、二人の会話に割り込んでくる。その物音に彼は不機嫌な顔になった。

「――殺すとお前が嫌がるだろうと思ったから、呪いをかけるだけにしておいたんだぞ」

「それはもう的確に彼らが嫌がるところをついていたと思いますけど」

何しろ、彼らの人生で一番大切にしているものを奪ったのだ。

ヴァラデルの呪いって本当に怖い。

(呪われないようにしなくっちゃ)

ヴァラデルがアマリエに呪いをかけるなんて思えないけれど、ついそんな考えも頭に浮かぶ。

「――ああそうだ。まだ、復讐《ふくしゅう》しなければならない相手がいるな」

ばたばたしている箱に一発蹴りを入れると、箱の中はしんと静まり返った。その箱に手をかけ、ヴァラデルが険悪な表情になる。

「……あの、ヴァラデルさん？　誰に復讐するんです？　もういませんよね？」

「今回の首謀者がいるだろうが――」

「首謀者？」

「ああ。エスフェルク王国国王だよ。彼が今回のことを命じたのだろう。王家の威信を取り戻すために」

「……あ、そうでした……」

すっかり忘れていた、なんて言えない。

言われてみれば、今回の件は国王が首謀者だ。ラウレッタを聖女とするためにアマリエを殺害するように命じたのだから。

「なぁに、任せておけ。悪いようにはしない――王にも何か呪いをかけてやろうか」

「あの、呪いよりも……」

当面、勇者を魔族の世界に送り込まないようにしてもらう方が先決問題ではないだろうか。

だって、今の魔王は三人とも積極的に人間の世界に攻め入ろうとしているわけではない。

レガルニエルは、自分の国のことで手一杯だし、ソフィエルとヴァラデルは人間界の文化を楽しんでいる。

だったら、共存するとまでは言えなくても、互いに適切な距離を持っていれば、今回みたいなことにはならないですむのではないだろうか。

「やだー、勇者達箱詰めなの？　私も見たい！」

場違いなくらいに明るい声のする方を見やれば、窓のところに座っているのはソフィエルだ。

今日は黄金色のドレスを身に着けている。

やっぱり、露出度は高いし、身体にぴったりと張り付いて線を浮かび上がらせるデザインなので、アマリエは目のやり場に困惑してしまった。

「わざわざここに来るとは、お前、暇だろ。暇なんだろう！」

「とっても暇。レガルニエルの配下の魔族達を避難させる手伝いはしてきたけれど、それももう終わったし」

今回ソフィエルの治める地域は、ウィルフレッド達の侵攻ルートからは離れていた。そのため、魔王としての彼女は割と暇だったらしい。

「レガルニエルだけでも、あの勇者達は退散させられたと思うけど……」

「レガルニエルの城だと好き勝手できないだろう？　だから、わざわざここまで来させたんだ」

レガルニエルの治める地域を素通りし、ヴァラデルの城にまで勇者達がやってきた裏には、そんな事情があったとは。

（ヴァラデルさんも、お芝居したかっただけなんじゃ……）

道理で妙に芝居がかった行動に出ると思ったら。

「あと、頼まれたこともちゃんと片付けてきたわよ。アマリエちゃんの――リュフェムの孤児院に、王の兵士達が押し寄せてきたから全員ぶっ飛ばしておいた。全治一か月、後遺症はなし。上手にやれたと思うわよ？」

「魔王を相手にして、その程度ですむのだから奴《やつ》らもついているな」

「誰が魔王ですって？」

そこでソフィエルはにやり。両手を腰にやり、見事な胸を思いきり張った。

「勇者達に歪《ゆが》められたアマリエちゃんの名誉回復もしないといけないわよね？　魔王なんて名乗るはずないわよね？　どうせ、やつら区別つかないんだもの。女神の使いって名乗ってやったわよ！」

さらに高々と笑い声を響かせながら言い放つ。

それって、どうなんだ。

魔王が女神の使いを名乗るのはありなのか。なしな気がする。いや――やっぱり、ありなんだろうか。

ソフィエルの説明によれば、アマリエが育った孤児院に王家の使者がやってきて、神父を拘束しようとしたらしい。

そこでソフィエルさっそうと登場。女神の使いである天使を名乗り、兵士達をあっという間にのしてしまったそうだ。

「女神に愛された娘の育った場所を破壊するとはどういう了見だ」と、ソフィエルに言われたら、きっと皆信じてしまうだろう。

だって、彼女は、魔王でなければ天使だと皆が信じるほど神々しい容姿の持ち主なのだから。

「私を見て、『女神様！』なんて、号泣してる兵士もいるし、拝まれるし……ちょっとした快感ではあったわよね。舞台の上に立つ人間の気持ちがちょっとわかったような気がしたわ」

ソフィエルもか！

頭を抱え込みたくなってしまったけれど、彼らの感覚が人間と違うということには、そろそろアマリエも慣れないといけないのかもしれない。

「そういうことだから、あとはよろしく。私としても、人間を滅ぼすのは気が進まないのよね。こっちの世界には、娯楽が少ないんですもの」

「――まったく、お前は悪知恵が働くな」

ソフィエルが兵士達に拝まれているのは、芝居の一シーンのように見えただろう。

その場に居合わせて見てみたかった気もするけれど、今はそれより先に解決しなければならないことがある。

「アマリエちゃんをあの王のもとに戻すのはしゃくだしー、ここにいてくれた方が私も楽しいしー。せっかくできた同性の友達だもの。知恵も働かせるわよ」

そうか、ソフィエルは友達なのか。今の今まで全然気づいていなかった。

「あの、ありがとうございます……すごく助かりました。まさか、孤児院にまで王家の人達がいくとは思ってなかったので」

「たぶん、『魔女』の育った場所としてどさくさ紛れに全員口封じしたかったんでしょうね。

ほんとひどい話だわ」

　彼女は真剣に怒っている。

（……口止め料を払っても不安だと思ったのかしら）

　以前、会いに行った時、神父は言っていた。いまだに王家からは多額の寄付金が贈られてくるのは、アマリエのことを口外しないようにという口止め料の意味もあるのだろうと。

　王家の寄付金をありがたいと思った時期もあったけれど、今はどう受け止めればいいのかわからない。ヴァラデルは、真面目な顔をして考え込んでいた。

「とにかく、エスフェルク王国の王城に行くか。俺の城にいつまでも、あいつらを置いておくわけにもいかんからな」

　いつまでも置いておくわけにはいかないと言われた『あいつら』を四人まとめて詰め込んだ箱をひょいと抱え、ヴァラデルはアマリエを手招きする。

　ソフィエルがひらひらと手を振るのを確認する間もなく、一瞬にして周囲の景色が暗転した。

　次の瞬間には、机に向かって書類仕事にいそしむ男のいる部屋に到着する。

「な、な、何者だ――！」

　いきなり部屋の中に人が現れたのだから、相手もびっくりして当然だ。

　平然とヴァラデルは、床に担いでいた箱を放り投げた。

　がたんと音がして、蓋が開く。中から転げ出た勇者達の姿に、国王は目を見開いた。

「俺は魔王、そしてこちらは『聖女』アマリエだ」

ヴァラデルは、国王に向かってそう言い放つ。

聖女、と呼ばれたのは久しぶりのような気がした。アマリエの名に、椅子から立ち上がった王がぶるぶると震えて、一歩後に下がる。そんな彼にはかまうことなく、ヴァラデルは空になった箱を蹴り飛ばした。

「アマリエ、こいつに言いたいことはあるか？」

「――神父様達にひどいことしなかったら、それでいいです。あ、あと……魔界の方には来ないでもらいたいんですけど。人間の方から魔界に来なかったら、魔族の方も何もしませんよね？」

言葉の後半は、ヴァラデルへの問いかけ。真剣な顔をしてそう問いかけたら、彼は深ーくため息をついた。

それから、アマリエの頭をぐしゃぐしゃとかき回す。せっかく可愛い帽子をかぶせてくれたのに、ぐしゃぐしゃにされて大変だ。

「お前が、そう言うのなら考えておこう」

「考えておくだけじゃなくて……お願いしますね……？」

「――というわけだ。アマリエが寛大で、ついていたな――だが、俺は違うぞ？」

ぶるぶると震える国王と勇者達をしり目に、ヴァラデルは窓の外に指を向けた。

ぴかり、とその指先が光ったのは一瞬のこと。

次の瞬間には、彼が指を向けた方面の窓――いや、窓だけではなく壁まで勢いよく飛び散った。

さらに、その先、城に付属していた立派な塔が音を立てて吹き飛び、上半分が消え去る。高さが半分になった塔から、底辺へと建築材が降り注ぎ、外からは悲鳴が聞こえてきた。

「……全国民に告げろ。『聖女』アマリエが、身を挺《てい》して魔王に嫁いだおかげで、人間界に平和が訪れたのだ――と。次の魔王が生まれるまで、この平和が続くといいな」

帰るぞ、とアマリエを促し、一歩踏み出しかけたヴァラデルだったけれどくるりと振り向いて国王に指を向ける。

「俺が、魔界に帰ったからと言って、約束をたがえるようなことはするなよ？　そんなことになったら、もう一本の塔も吹き飛ばしてやる」

指さされた王がぴしりと凍り付く。ふんと鼻で笑ったヴァラデルは、王の机の上に山と積まれていた書類の方に指を向けた。

ふわりと風が室内にわきおこり、書類が部屋中ばらばらに飛び散る。

次に、ぱちりと指を鳴らす――次の瞬間には、二人は元の広間に戻っていた。

「聞いてませんからね……あんなことをするなんて！」

城に戻ってきてから、アマリエはぷんぷんしていた。全面的にヴァラデルが悪いと思う。

あんなことをするなんて、全然聞いていなかった。

だいたい、城の塔をいきなり吹き飛ばすってどういう了見だ。そんなことをしていいと思っているのか。

思っているからこそやったのだろうけれど――。

「あと、最後のあれはなんですか？　書類をばらばらにするなんて」

「ささやかな嫌がらせに決まってるだろ？　あの王を禿《は》げさせてもよかったんだがな。城の塔が吹っ飛んだことで、国民にも事情はちゃんと説明しないとならないだろ」

書類をまき散らすなんて、嫌がらせにしてもささやか過ぎる。

けれど、禿げさせるよりははるかにましだろう。少なくとも拾い集めればそれですむ。あの量を集めるのはちょっと大変かもしれないけれど。

だが、一つ確認しておかなければならないことがある。

「あのですね、ヴァラデルさん」

よいしょっと彼の胸倉を摑み、自分の方へと引き寄せてアマリエは彼と顔を近づけた。

かなり身長差があるので、こうでもしないと彼と顔を近づけることができないのだ。

「聖女アマリエが嫁ぐって、どういうことですか？　嫁ぐの意味、あなた理解してますか？」

「当たり前だ。俺は、お前以外の女は必要ないぞ」

「で、でも……」

今、引き寄せたばかりの彼の身体をぱっと離した。

アマリエ以外の女は必要ないって――それって、まさか。言葉を失って、彼の顔を見上げると、まばゆいばかりの笑みを浮かべて、彼はアマリエを見下ろしてきた。

「俺は、お前を愛しているぞ。だから、お前が俺のところに嫁に来るのは当たり前だ」

ヴァラデルと過ごしているとしばしば忘れてしまいそうになるけれど、彼は魔族。アマリエは人間。二人の間には超えるのが難しい山がある……気がする。

「そ、その前に！　私は『聖女』って言われてたけどそんなたいした存在じゃないです！　だから、そういうことを言ってはだめなんです！」

アマリエが勇者のパーティーへの同行を許されたのは、アマリエの回復魔法と支援魔法の腕が買われてのこと。

「……お前、本当に自分のことはわかっていないのだな。お前の持つ魔力の量は、魔王クラスだぞ。人の身としてそれだけの魔力を持ち、惜しむことなく周囲に尽くしてきたのだから聖女と呼ばれても不思議ではないだろうに」

「でも！」

「それに、あの王女に、『聖女』を名乗らせるのだと思うと、気分が悪いしな」

それは、そうかもしれないけれど。

ラウレッタは、自分の手を動かすことはしなかった。

王家の威信を取り戻すためとはいえ、彼女がやったことと言えばサウルの町の近くの別荘に身を隠し、魔王が退治されるのを待つことだけ。

少なくとも、アマリエは自分の足で歩き、仲間達に力を貸してきた。ヴァラデルがそう言ってくれるのなら、少しは救われる気がした。

「……聖女アマリエが魔王に嫁いだおかげで、人間界はしばし繁栄を楽しむことができる。そういうことにしておけば、お前の名誉も回復されるだろ？」

にやり、と彼が笑う。

言われて初めて気がついた。

アマリエのことは悪い魔女だと、勇者達が広めてしまっていた。悪い魔女ではなく、聖女だったと名誉が回復されるのならそれはそれでいいことではないだろうか。

「もうっ、そこまでしなくてもよかったんですよ？　でも……ありがとうございます」

これだから、彼にはかなわないのだ。

これで、堂々と孤児院の子供達に会いに行くことができる。

「……愛している、と言うのか？」

「はい？」

いきなり、何を言いだすんだろうこの人は。

アマリエがきょとんとしていたら、彼はもう一度同じ言葉を繰り返した。

「愛していると言うのだろう、こういう時には。お前が愛おしい、誰にも渡したくない——こういう時、人は愛していると言うものなのだろう。芝居ではさんざん聞かされてきたが、今まで実感したことはなかった」

嬉しい。嬉しい——この感情に、なんて名前をつけたらいいのかわからない。

「はいっ！　嬉しいです！」

じわりと目ににじみ、頬を伝うのは喜びの涙。

「私も、あなたを愛しています……」

まさか、魔王にこんな気持ちを持つことになるとは思っていなかった。

あっという間に彼の腕の中に抱え込まれてしまう。彼の腕にとらわれたその瞬間、今までで一番幸せだとアマリエは強く思った。


瞬間的に寝室まで運ばれて、そのままベッドに沈められる。

魔王にふさわしい黒い花嫁衣装。その花嫁衣装を彼の手はやすやすと剝ぎ取ってしまった。

「んっ……ヴァラデルさ――」

「ヴァラデルと呼べと言っているだろうに」

心の準備をする間も与えられず、肌を露にされたのが恥ずかしい。両腕で身体を隠すみたいにして、彼を止めようとしたら、露骨に不満そうな顔になった。

「勇者どもは呼び捨てだろう？　なぜ、俺は呼び捨てにしない」

「ふぁ、だって――ヴァラデルさんは、ヴァラデルさんで――！」

彼らを呼び捨てにしていたのは、二年間一緒に旅をしていた間にそうするのがとても自然なことになっていたから。

でも、そんな言い訳はヴァラデルには通じないらしい。

むき出しの乳房に、彼の手が這う。早くも立ち上がりかけていた頂を彼の舌がかすめたとたん、甘い痺れが走り抜けた。

「だって！」

「何がだって、だ」

「……んぁあっ！」

こうなってしまうと、アマリエの方が完全に弱い。彼はアマリエの身体を知り尽くしているから、なんなく屈服させることができる。

逃げ出そうとしてベッドにうつぶせになったら、そのまま背後から抱きすくめられた。しまった、と思ったのは次の瞬間のこと。

「――なぜ、俺は呼び捨てにできない？」

背後から抱きすくめられたら、耳に唇を寄せやすくなってしまうではないか。そうしながらも不埒《ふらち》な手は、乳房をすくい上げ、指で先端をつついてくる。

すっかり敏感になってしまった身体は、彼の思うまま。

「だって、だって……は、恥ずかしい、から……！」

彼の名前を呼び捨てにするなんて、恥ずかしくてできない。

彼の名前を口にするだけで、妙にドキドキしてしまうのだ。呼び捨てになんてしたら、意識を保っていることさえ難しいかもしれない。

「可愛らしいことを言う」

その言葉に、なんだか相手は満足そうだ。背後から抱きすくめたまま、うなじに舌を這わせてくる。

「それなら、努力しろ。妻が夫の名を呼び捨てにするのは当然だろう?」

「ど、努力します……」

「俺のことを愛しているなら、できるだろう?」

さらに追加される意地悪なささやき。

けれど、そのささやきさえも愛しているのだと——今はちょっと口に出すのは悔しい。

だから、上半身を捩るようにして、彼の方へと顔を向ける。

「努力するから、ちょっとだけ、待っててください」

アマリエの方から、彼の唇にキス。こんな風に彼女の方から積極的にキスしたのは初めてのことで、彼は驚いたような顔をした。

「……長くは待てないぞ」

「努力は、します」

彼の腕の中でくるりと向きを変える。込み上げてくるのは、愛しいという感情。

あまりにも大きなその気持ちが溢れてしまいそうで、アマリエの方から口づけることでその気持ちを彼に伝えようとする。

「いつから、私のことを好きになってくれたんですか……?」

彼の髪に両手を差し入れ、鼻の頭にキスしながら聞いてみた。

「最初からだ」

「最初？」

「道端に転がっているのを見つけた時からだな。あの時――なぜかお前に惹かれた。普段なら、行き倒れている人間なんか気にもとめないのに」

まさか、拾ってくれた時からだとは思ってもいなかった。彼はただ、目の前で倒れている人間を見捨てられなかっただけかと思っていた。

「お前と一緒にいると飽きないんだ。どうしても、お前が欲しくなった」

真正面からぶつけられた言葉に、アマリエは真っ赤になってしまった。こんな風に正面から気持ちをぶつけてくれるとは思ってもいなかったのだ。

今まで、彼がアマリエに示してくれた好意というのは、言葉ではなくて態度で示されたものだった。

「わ、わ、私は……」

どうしよう、こんなにも胸がどきどきして。頭の中が彼でいっぱいになってしまう。なんと言ったらいいかわからなくてもじもじしていたら、彼が耳元でささやいた。

「結婚式をしよう。神父殿にも見せたいだろう？」

「け、結婚式……？　あんっ」

「最高級の素材を揃えて、花嫁衣装を作って――そのために教会は全面的に改修を進めているし、神父殿の許可はもらってあるぞ。いつでもいいと言ってくれた」

本当に、この人は。

心のどこかでアマリエが夢見ていた結婚式までかなえてくれるつもりらしい。

アマリエの感じる場所すべてに彼の唇が触れ、指で触れられ、手のひらでいたるところを撫でられる。

アマリエの方から口づけたはずなのに、あっという間に形勢は逆転してしまう。

彼の愛情表現に溺れながら、この幸せを逃したくないのだと強く願った。

エピローグ

「ねえ、ティカ。ヴァラデルを見なかった？」

「執務室にいないのなら、ティカにはわかりませんです」

「そうよねぇ」

ヴァラデルを捜して首を巡らせ、アマリエは唇を尖らせ、首から下げたペンダントに手を当てた。

彼の魔力を封じたペンダントは、アマリエの寿命をヴァラデルと同じくらい長く保てるようにするためのものだ。以前レガルニエルがくれた魔石が役に立ったので、ヴァラデルとしてはほんの少しだけ面白くないらしい。

一年ほどの時間をかけ、ペンダントを通じて、毎日少しずつ彼の魔力を体内に取り込んでいる。

（……別の形でも、魔力は毎日受け入れているようなものだけれど）

一瞬、目が遠くなってしまってもしかたないと思う。

魔力を注ぐ――それはイコール精を注ぐということでもある。ヴァラデルと毎日のように肌を重ねている今、毎日彼の魔力を注がれているというわけでもある。

おかげで、アマリエの成長はこの一年、完全に止まってしまっていた。

ヴァラデルと生きると決めた以上、外見の年齢で彼を越えたいわけでもないので、これはこれでアマリエにとって都合がよいことでもあった。

——それはともかくとして。

ヴァラデルが見つからないのは困る。

「捜してきましょうか？」

「お願い。私はあちらを見てくるわね」

ティカと別れ、ヴァラデルがいそうなところを捜して歩く。

今日は、ヴァラデルと一緒に芝居を観に行くつもりだったのに。いくら、サウルまで玄関ホールの扉を開けるだけで行けるとはいえ、そろそろ出ないと間に合わない。

とはいえ、どんな内容なのかはよく知らない。今日から一年の間ヴァラデルが劇場のボックスを押さえたので、行けばいつでも二人分の席は確保されているというわけだ。

初めて劇場に行くので、ものすごく楽しみである。

「ヴァラデル——捜したんですよ。こんなところにいたんですね」

やっと彼を見つけたのは、城の屋根の上だった。道理でなかなか見つからないはずだ。

彼の花嫁となって一年が過ぎた今、以前とは違ってヴァラデルを呼び捨てにすることもできるようになった。

「どうした?」

「新しいお芝居を観に行くって言ってたじゃないですか。私、用意して待ったんですよ?」

ちょっとふくれっ面になってしまってもしかたないと思う。とても楽しみにしていたのを彼も知っているはずなのに。

「あー、それなんだがな。やめておいた方がよくないか?」

「なんでですか?」

せっかく舞台を観に行くことができると思っていたので、ふくれっ面になる。

けれど、そのふくれっ面も彼が渡したチラシを見たところで、消滅してしまった。

「うーん……これは……」

チラシにでかでかと書かれていたタイトルは『聖女アマリエ』だった。どうやら、悪の大魔王ヴァラデルをその身をもって鎮めた聖女の物語らしい。

「これは、笑わずに観るのはちょっと難しいかもしれないですね」

人の噂というものは怖い。

アマリエは、自分の恋した相手と一緒にいると決めただけなのに、いつの間にか人間界への魔族の侵攻を止めるためにアマリエが犠牲になったことになっていた。

「だろ? また、あのウィルフレッドとかいう男の名前が出てくるのも気分が悪い。せっかくの新作だが、今回は出演者達にプレゼントを贈るにとどめておこう」

「レガルニエルさんのところから、宝石をいただいていましたよ。それを贈ることにしましょうか。必要ならアクセサリーに加工して」

レガルニエルのところも、最近では少し落ち着いてきたらしい。

以前何度か食料援助をした礼だといって、最近彼の領地から産出された宝石をちょうどいくつかもらったところだ。

城内にいる魔族に頼んでアクセサリーに加工してもらって、それを主演俳優に贈ればいい。

「それにしても、私、せっかくサウルの近くに住んでいるのに、一度もお芝居観たことがないんですよね……」

残念ながら、彼と暮らすようになっても、芝居見物には行けていない。毎回何かの形で邪魔が入ってしまうのだ。

何かの呪いにかけられているのではないかと、邪推してしまうくらいだ。

「俺は、どれだけ素晴らしい舞台上の聖女よりも、お前の方が美しいと思うぞ」

「そういうことを言っているわけではありません！」

けれど、そう言ってもらえるのはとても嬉しい。ヴァラデルに誉められると、すぐにうきうきしてしまうのだから単純だ。ヴァラデルはもう一つ、素敵な提案をしてくれた。

「次の演目が決まったら、今度こそ行くことにしよう」

「約束ですよ？」

二人の指が絡み合う。今度は、実現しますように。

「絶対、絶対に次は連れて行ってくださいね？」

アマリエの方から彼にぴたりと密着する。約束の形に指を絡めたまま、そっと唇が触れ合わされる。

見捨てられた聖女だったけれど、今では、魔王に溺愛されて、世界で一番幸せな新妻だった。

あとがき

宇佐川《うさがわ》ゆかりです。『追放聖女はシンデレラ　オレ様魔王に溺愛されて幸せです』にお付き合いくださってありがとうございました。

ジュエルブックスでは二冊目となりましたが、まさかこういう設定のものを出させていただけるとは思っていなかったので、びっくりです。

毎回打ち合わせの時に、「こういう設定のお話はどうでしょう?」というところから始まるのですが、最近私の中でものすごくファンタジー設定が熱いので、「……魔王ヒーロー、とか?」と言ったところ、書けることになりました。

異世界転生とかトリップとかそういう設定も捨てがたいなぁとも思ったのですが、今回のヒロインであるアマリエは転生者ではありません。

たぶん、魔力体力がものすごくあることを除けば、普通の女の子だと思います。

この世界の常識で育っているので、勇者であるウィルフレッドがパーティーの最上位。それから貴族であるエミル達が続いて、平民の自分がパーティー内では一番下だと思ってます。皆の分までパーティーの雑用をやれるだけの体力があるのも、支援魔法をかけても魔力を消耗しないのも、少しばかり普通ではないんですけどね、本人わかってないです。

ヴァラデルもアマリエは特別だと言ってますが、やっぱり本人はあまりピンと来てないでしょう。お話が終わった後も、ヴァラデルのお城で果物や野菜を育てたり、お菓子を焼いたり、のんびりした生活を送るんじゃないかなと思ってます。

そのうち一度くらいは観劇させてあげたいんですけど、本編中では毎回邪魔が入ってかわいそうだったかもしれません。

そう言えば、プロットを出した時にはドキドキだったのですが、するっと通ってしまったのが、ヴァラデルの観劇大好き設定とアマリエを着せ替えする設定。

ポスターやグッズを飾っているコレクションルームの存在は、このジャンル的にありなのかと心配していたのですが、ぎりぎりのところでありだったようです。

着せ替え設定の方も、「ここで衣装の描写を」と改稿のタイミングで指示をいただいたりしたのでありだったみたいです。メイド服とか聖女のコスプレとか着せられて楽しかったです。

ヴァラデルにとって、愛する女性はアマリエ一人で、あくまでもファン心理でしかないです。きっと、今後もポスターやポストカードを買って地道に応援していくのだろうなと思います。彼のお城は広いので、コレクションルームがどれだけ増えても問題ないし、きっと足りなくなったら指を鳴らすだけで増築するんでしょう。

さて、今回イラストを担当してくださったのは、吉崎《よしざき》ヤスミ先生です。前からとてもファンだったので、今回担当していただけてとても幸せでした。

美男美女のカップルで、本当に眼福です。今回は、お忙しいところをお引き受けくださりありがとうございました。

そして、今回からお世話になります新担当編集者様。最初のお仕事で早々に「締め切り一週間間違えてました！」とかやらかしてしまってすみません。

タイトル決めの時の打ち合わせも、話題があっちに飛びこっちに飛び……最終的にはちゃんと決まってよかったです。まったく違うジャンルですが、面白いなと思った作品が同じだと嬉しくなりますね。どうぞ、今後もよろしくお願いいたします。

そしてここまでお付き合いくださった読者の皆様、ありがとうございました。

ご意見ご感想、お寄せいただけたら嬉しいです。

ここ一年くらいずっと「そろそろサイトを更新したい」と言っているのですが、今度こそ更新できたらと思っていますので、遊びに来ていただけたら嬉しいです。

ありがとうございました！　また近いうちにお会いできますように。

宇佐川ゆかり

引退王は
猫かわいがり中！
Jewel
ジュエルブックス
異世界
癒やされ
マリッジ
ライフ
柚原テイル
Illustrator 吉崎ヤスミ
大人の包容力にたっぷり甘える♥
まったり癒やしの新婚ノベル
異世界で結婚したらダンナ様は17歳年上。
お花を育てたり、紅茶作りにいそしむご隠居の元国王。
が、若奥さまにきゅん！　オトコ心に火がついた!?
お昼は恥ずかしの過保護溺愛！　夜はじっくりスローH!?
大好評発売中

白ヶ音雪
Illustrator
DUO BRAND.
Jewel
ジュエルブックス
恐怖の魔王陛下だったのに
花嫁きゅううん〜が止まりませんっ!
無慈悲と噂のオレ様の幼妻溺愛日記
異世界トリップしたらメチャクチャ怖い魔王のイケニエ化決定!?
食べられちゃう!……と思いきや私に一目惚れ!? しかも初恋!?
いきなり結婚させられ、魔王が夫の新婚ライフ!!
年の差！ 身長差！ ギャップ萌え！ らぶえっち！ 溺愛♥
ぜ〜んぶ詰まったハイテンション☆新婚ラブコメ!!
大好評発売中

Jewel
ジュエルブックス
新婚
アンソロジー
Anthology of Newlyweds Stories
永谷圓さくら　伊織みな　みかづき紅月　柚原テイル
Illustrators　DUO BRAND.　Ciel
辰巳 仁　早瀬あきら

柚原テイル
Tail Yuzuhara
[Illustrator]
アオイ冬子
Huyuko Aoi
Jewel
ジュエルブックス
異世界シンデレラ
騎士様と新婚スローライフはじめます
幼妻は小動物ではありませんっ!
大好評発売中
異世界トリップしたら、のんびりした田舎の村!?
「俺と結婚して、スローライフとやらを送ってくれないかっ!」
いきなり体格差たっぷり、20歳も年上の騎士様の妻に!
コワモテの旦那様だけど、幼妻にはメロメロです?
オトナの包容力で可愛がられまくり♡新婚ライフまったり系!

Jewel
ジュエルブックス
騎士様は
超♥溺愛中!
柚原テイル
Illustrator ゆえこ
トリップしたら堅物&不器用な騎士様から、
いきなり「俺の嫁」宣言ですか!?
異世界にトリップした途端、騎士隊長の奥さまに!?
だんな様はドマジメ、堅物、朴念仁。せっかく結婚したのに不器用すぎて困っちゃう!
「いってらっしゃいのチュー」や「裸エプロン」で
誘惑してみたら新妻溺愛モードに豹変! 恥ずかしすぎますっ!
ゆる～い甘いちゃ山盛り♥異世界新婚ライフ!
大好評発売中

花衣沙久羅　沢城利穂
TAMAMI　丸木文華
柚原テイル
Jewel
ジュエルブックス
監禁愛
アンソロジー
ILLUSTRATORS
えとう綺羅　Ciel　SHABON
すがはらりゅう　村崎ハネル
絶対、お前を逃さない。
独占欲に取り憑かれたドSな貴族や皇子たち。
禁断の愉悦に溺れた囚われの乙女たち。
5名の大人気作家が夢の競作！
濃厚エロス短編集。
大好評
発売中

Jewel
ジュエルブックス
柚原テイル
Illustrator
成瀬山吹
異世界の後宮で恋され愛され姫になりました
召喚されたらいきなり夜伽!?
ちょっ……皇帝陛下の夜伽のお相手に!?
一夜だけ身代わりのはずが、**ひとめ惚れ**され私だけに一直線！
嫉妬されて嫌がらせされるわ、陰謀に巻き込まれるやら大ピンチ！
陛下はそんな私と結婚すると宣言!?

柚原テイル
Illustrator
アオイ冬子
Jewel
ジュエルブックス
キラワレ悪役から
愛され奥さまに
大逆転!!!
悪役令嬢シンデレラ
騎士団長のきゅん♡が激しすぎて受け止めきれませんわ!!
転生したら乙女ゲームの悪役令嬢ですって!?
濡れ衣を着せられ幽閉寸前のところから、一発逆転!!
「妻になってくれ。ずっと見ていた。誰よりも優しく、可愛らしいお前を」
騎士団長が悪役令嬢にメロメロ？　新妻になって溺愛されるなんて聞いてませんわ！
包容力たっぷりで一途すぎ♥な旦那サマとのんびり新婚ライフはじまります？
大好評発売中

Jewel
ジュエルブックス
転生して豪商娘だったのに後宮入りですか!?
柚原テイル
Illustrat
SHAB
私が陛下の初恋？
皇帝なのにずっと片思いだったって!?
ハードすぎる営業職でぽっくり過労死しちゃった私。
生まれ変わったら中華っぽい世界の豪商の娘!?
食っちゃ寝のまったりライフを送っていたのに、突然、皇帝陛下の命令で強制後宮入
ずっと私が好きだったって……どういうことですか!?
転生×溺愛×中華後宮♥ファンタジー！

18禁乙女ゲームの世界でハーレム執着されました
Jewel
ジュエルブックス
柚原テイル
Illustrator 本田たまのすけ
全員好感度MAXでトリップ
オレ様皇帝、インテリ皇弟、ワイルド騎士に、ヤンデレ弟王子(双子)。
全員の好感度をMAXにした途端、乙女ゲームの中にトリップ!
お姫様になった私に求愛の嵐……って、このゲーム、18禁なんですけど!
まさかのハーレムルート突入で、全員とHするまで戻れない!?
恋愛感情、大暴走の5人を前に、貞操のピンチをどう切り抜ける!?
大好評発売中

ファンレターの宛先

〒102-8177 東京都千代田区富士見2-13-3
株式会社KADOKAWA　ジュエル文庫編集部
「宇佐川ゆかり先生」「吉崎ヤスミ先生」係

http://jewelbooks.jp/

追放聖女《ついほうせいじょ》はシンデレラ
オレ様魔王《さままおう》に溺愛《できあい》されて幸《しあわ》せです

2019年1月25日　初版発行

著者　宇佐川ゆかり

イラスト　吉崎ヤスミ

発行者 ―――― 青柳昌行
発行 ―――― 株式会社 KADOKAWA
〒102-8177 東京都千代田区富士見2-13-3
0570-06-4008（ナビダイヤル）
装丁者 ―――― ナルティス：井上愛理
印刷 ―――― 株式会社暁印刷
製本 ―――― 株式会社暁印刷

カスタマーサポート（アスキー・メディアワークス ブランド）
[電話]0570-06-4008（土日祝日を除く11時～13時、14時～17時）
[WEB]https://www.kadokawa.co.jp/（「お問い合わせ」へお進みください）
※製造不良品につきましては上記窓口にて承ります。
※記述・収録内容を超えるご質問にはお答えできない場合があります。
※サポートは日本国内に限らせていただきます。

※定価はカバーに表示してあります。

Printed in Japan
ISBN 978-4-04-912285-5 C0076